AF573571

LE

TREMBLEMENT DE TERRE DE LA MARTINIQUE,

DRAME EN CINQ ACTES,

DE MM. CHARLES LAFONT ET CHARLES DESNOYER,

Représenté pour la première fois, sur le théâtre de la Porte-Saint-Martin, le 14 janvier 1840.

DISTRIBUTION :

LE GOUVERNEUR de Fort-Royal	M. MARIUS.
LE COMTE DE BEAUMONT, riche planteur	M. GOBERT.
HENRI DE LAROCHE, id.	M. LAJAIRETTE.
GEORGES, son frère, capitaine d'artillerie de marine	M. SURVILLE.
MICHEL-LAMBERT, matelot	M. RAUCOURT.
MAURICE, économe de M. de Beaumont	M. HÉRÈT.
DOMINIQUE, mulâtre	M. MÉLINGUE.
JULIE, fille du comte de Beaumont	Mlle ÉDELIN.
FLORA, femme de couleur	Mlle THÉODORINE.
Mme DE VERNEUIL, religieuse, sous le nom de Sœur Thérèse	Mme CH. CABOT.
UNE PETITE FILLE de quatre ou cinq ans	Mlle FONBONNE.

La scène se passe à la Martinique. — 1838-1839.

ACTE I.

Un petit pavillon en coutil, ouvrant, dans le fond, sur une plantation appartenant au comte de Beaumont.

SCÈNE I.

MAURICE, MICHEL-LAMBERT.

(Au lever du rideau, Michel-Lambert est assis auprès d'une petite table, devant une bouteille et des verres, et tenant des cartes à la main. Maurice est debout, écoutant avec la plus grande frayeur le bruit d'un ouragan.)

MICHEL.

Eh bien ! M. l'Économe, je vous attends... est-ce que nous laisserons la bouteille sans la vider ? vous êtes encore tout pâle de frayeur ; vous voyez bien que l'ouragan s'apaise.

MAURICE.

En effet, je le crois... je l'espère ! Voilà, mon pauvre Michel, une mauvaise année pour les habitans des colonies. Ce n'était pas assez des révoltes de nègres, des refus de travail, des meurtres et des empoisonnemens ! Il faut que le ciel vienne encore sévir contre nous ! le vent et la foudre ravagent nos plus belles plantations, déracinent nos arbres, et nous enlèvent à l'avance l'espoir de nos récoltes ; heureux encore lorsque nos maisons sont épargnées ! ah ! maudit pays !

MICHEL.

Le plus beau pays du monde, au contraire... il n'a qu'un malheur : c'est d'être bâti sur un volcan... qu'est-ce que je dis ? sur une demi-douzaine de volcans... excusez du peu ! Ce n'est pas sur la terre que vous vivez ici, c'est sur un baril de poudre ; et vous ne savez jamais le matin si le soir vous n'aurez pas fait le saut périlleux comme mon ancien commandant, le brave Bisson, quand il a mis le feu à la Sainte-Barbe de son navire, plutôt que de se livrer à l'ennemi... Ah ! saperlotte ! j'aurais été là que je n'aurais pas tremblé comme vous le faites.

MAURICE.

Vous en parlez bien à votre aise : vous êtes marin, et c'est votre état de jouer à chaque instant vos jours contre les tempêtes et les boulets de canon.

MICHEL.

Vous êtes de la Martinique, et c'est votre état de croire à chaque nouvel ouragan que c'est pour vous la fin du monde. Demandez plutôt à tous vos nègres : toutes les fois qu'ils entendent, pendant la saison de l'hivernage, ce fracas infernal que nous entendions tout-à-l'heure, ils se signent et tombent à genoux, en priant le Père éternel de les absoudre, et de ne pas les jeter entre les griffes de Satan... (Il a versé à boire à Maurice qui reprend son verre.) A la bonne heure, vous commencez à vous remettre.

MAURICE.

Oui, je n'entends plus le bruit de l'orage; et voilà l'obscurité qui se dissipe pour faire place au plus beau soleil...

MICHEL, se levant.

Vivat! ce n'est pas encore aujourd'hui que le monde doit finir, et nous aurons un temps superbe pour mettre à la voile.

MAURICE.

Vous partez?

MICHEL.

Aujourd'hui même, à bord de l'Iphigénie, une petite frégate qui a fait son apprentissage en Afrique, et qui ne demande qu'à bien faire... Dans deux heures, au large! en route pour le Mexique. Il va se distribuer par-là une assez forte ration de boulets et de biscayens... Au petit bonheur! les biscayens et les boulets, ça devient rare par le temps qui court: il n'y en a pas pour tout le monde, et faut profiter de l'occasion.

MAURICE.

Vous croyez qu'on se battra...

MICHEL.

Dame! il paraîtrait... c'est bien le moins qu'il nous arrive encore par-ci par-là quelque coup de main... pour n'en pas perdre l'habitude: après l'Afrique, l'Amérique; après Constantine, la Véra-Cruz. Les Mexicains ont un très mauvais caractère; on a pris toutes les peines du monde pour leur faire entendre raison... La tête est trop dure. Il n'y a donc plus qu'un seul raisonnement à employer avec eux, raisonnement très simple et très facile à comprendre.

MAURICE.

Lequel?

MICHEL.

Celui du canon... et s'ils ne l'entendent pas, il faudra qu'ils se bouchent terriblement les oreilles. Ainsi, comme je fais partie de l'expédition qui va rejoindre là-bas la flotte française, commandée par l'amiral Baudin, et comme il est bien possible que je laisse ma peau dans l'Océan ou sous les murs de la Véra-Cruz, je venais vous prier, M. Maurice, en votre qualité d'économe des riches plantations de M. le comte de Beaumont...

MAURICE.

Ma foi, vous m'avez expliqué déjà ce que vous vouliez lui demander; mais c'était au moment où l'orage commençait, et du diable si j'ai rien compris à ce que vous m'avez dit. Au surplus, parlez-lui vous-même, à M. le Comte, ce n'est pas difficile: pour un homme de son rang et de sa condition, il n'est pas fier, allez... d'ailleurs, vous le connaissez déjà, et je suis sûr qu'il vous a pris en affection.

MICHEL.

Vraiment?

(On entend au dehors la voix de M. de Beaumont.)

MAURICE.

Tenez, je l'entends, il m'appelle... Parlez-lui donc.

MICHEL.

Allons, au petit bonheur!

SCÈNE II.

LES MÊMES, LE COMTE DE BEAUMONT, entrant par la porte à la gauche du public. Il tient une lettre à la main.

LE COMTE.

Maurice! Maurice!

MAURICE.

Me voilà, M. le Comte... que voulez-vous? qu'ordonnez-vous?

LE COMTE.

Veillez, je vous prie, à tous les préparatifs nécessaires pour le départ de ma sœur.

MAURICE.

Mme la marquise de Verneuil?

MICHEL.

La bonne religieuse, comme on l'appelle dans tout le pays.

LE COMTE.

Ah! c'est toi, Michel. (Lui tendant la main.) Bonjour, mon brave contre-maître, bonjour. Tu dis bien, la bonne religieuse. La marquise de Verneuil n'est plus maintenant que l'humble sœur Thérèse. Elle a quitté hier au soir l'hôpital de Saint-Pierre pour se rendre à celui du Fort-Royal. Dans sa route, elle s'est arrêtée chez moi, à ma plantation des Ramiers, où depuis si longtemps je ne l'avais pas reçue; et bientôt, ce matin même, elle va de nouveau se séparer de moi, et de sa nièce, ma chère Julie... Mais... où est-elle, ma fille? Je désire lui parler à l'instant, il le faut... cette lettre que je viens de recevoir...

MAURICE.

Ah! mon Dieu! je l'avais oublié!

LE COMTE.

Quoi donc?

MAURICE.

Mademoiselle Julie...

LE COMTE.

Eh bien?

MAURICE.

Ce matin, malgré mes conseils et mes prières... elle est sortie.

LE COMTE.

Seule!

MAURICE.

Presque seule: car elle n'avait avec elle que deux de ses mulâtresses.

LE COMTE.

O ciel!.. et cette horrible tempête!.. Ah! ce caractère audacieux, cette tête exaltée nous sera funeste... parcourant seule, sans guide, sans défenseur, ces forêts où les nègres marrons se cachent, heureux quand ils trouvent une occasion d'assassiner un de leurs maîtres comme ils ont assassiné mon fils... Maurice, appelez du monde, à l'instant, à l'instant même, et qu'on me suive.

(Maurice fait un signe vers la porte à droite, et dans un instant les serviteurs du Comte viennent se ranger autour de lui.)

MICHEL, sur le seuil de la porte du fond, et regardant au dehors.

Ah! la voilà, je l'aperçois... séparée des femmes qui la suivaient... La voyez-vous gravir les hauteurs du Vauclain!

LE COMTE.

Grand Dieu! à deux pas de cet abîme, où, l'autre jour, un de nos colons a été englouti!.. Ah! le terrain glisse sous ses pas... elle va périr! (On entend au dehors Julie pousser un grand cri. Michel, suivi des noirs, a couru au dehors à son secours.) Et moi... moi, la force m'abandonne... Malheureux père!.. ma pauvre Julie!

MAURICE.

Rassurez-vous, monsieur le Comte; le brave Michel et tous vos serviteurs parviendront jusqu'à elle, et j'espère...

LE COMTE, voyant rentrer Michel.

Ah! tu reviens seul! Elle est perdue, n'est-ce pas? perdue!

MICHEL.

Non pas, Dieu merci! Tenez, regardez ce mulâtre qui s'est élancé de rochers en rochers, et qui l'a retenue au moment où elle allait disparaître dans l'abîme. Il la prend dans ses bras! elle est sauvée!

TOUS.

Sauvée!

LE COMTE, regardant.

Ah! pourvu que le pied n'aille pas lui manquer sur la pointe de ces rocs!

MICHEL.

Non, non! voyez! Il est là dans son élément comme je suis, moi, dans les haubans de l'Iphigénie, et le voilà qui vous rapporte votre fille, monsieur le Comte... Saperlotte! je n'aime pas les mauricauds; mais celui-là, je l'embrasserais de toute mon âme!

(Entrée de Juliette, que le mulâtre Dominique soutient encore dans ses bras. Elle court embrasser son père.

SCÈNE III.

LES MÊMES, DOMINIQUE; JULIE, suivie de ses deux mulâtresses; MAURICE, des nègres, etc.

JULIE.

Mon père!

LE COMTE.

Julie! Julie! quel effroi tu nous as causé à tous!

JULIE.

Oui, mais aussi quelle joie vous éprouvez à me revoir! Allons, embrassez-moi encore une fois, mon père, mon bon père!.. et puis, remerciez donc celui qui m'a sauvé la vie.

LE COMTE, regardant attentivement Dominique.

C'est la première fois...

DOMINIQUE.

Que vous me voyez, M. de Beaumont? et cependant, ici, comme à la Case-Pilote lorsque vous y étiez, comme au Fort-Royal lorsque vous demeuriez en ville, ma case a presque toujours été voisine de votre hôtel ou de votre plantation... C'est la suite d'un vœu que j'ai fait, et que vous connaîtrez, monsieur le Comte. Mais, d'abord, pardonnez-moi de m'être présenté dans votre demeure; je n'aurais point pris cette liberté, sans le danger que vient de courir Mademoiselle.

JULIE.

C'est encore lui, mon père, qui, le mois dernier, lorsque les eaux débordées du Lamentin m'entouraient de toutes parts, lorsque déjà, comme aujourd'hui, j'invoquais le ciel en jetant des cris de détresse, c'est lui que je vis apparaître, dirigeant vers moi sa pirogue; et, comme aujourd'hui, c'est par lui que je fus sauvée.

MICHEL.

Eh bien! il n'est pas si malheureux, celui-là, pour une peau jaune! Excusez l'expression, Mamselle; c'est un mot qui se dit à bord de l'Iphigénie.

LE COMTE, à Dominique.

Comment vous prouver jamais ma reconnaissance? que voulez-vous de moi? que puis-je faire pour vous? Vos manières et votre langage m'annoncent que votre position est au-dessus de votre origine: je regrette de ne pouvoir vous offrir ni de l'or, ni la liberté.

DOMINIQUE.

Je suis libre, et, jusqu'à présent, je n'ai pas connu de maître! J'ai passé mon enfance et une partie de ma jeunesse en Angleterre; j'y ai reçu une éducation, qui, jusqu'à présent, ne m'a pas servi à faire ma fortune; et des principes, qui devaient être singulièrement modifiés, à mon retour dans ma patrie. J'arrivai ici, il y a cinq ans, rêvant, comme tant d'autres, l'indépendance des homme de couleur, et je vis bientôt que ce rêve était impossible à réaliser. A mesure que j'apprenais à les connaître, je m'habituais à leur refuser mon affection et mon estime... et ce fut bien pis quand, il y a un an, je fus informé des crimes commis par les nègres, un surtout qui vint frapper quelqu'un de votre famille.

LE COMTE, avec chagrin.

Mon fils?

JULIE.

Mon pauvre frère!

DOMINIQUE.

Oui, le jeune comte Léon de Beaumont, celui qui devait être, après vous, le chef de votre race, s'était absenté, pendant quatre jours, de la maison paternelle; il devait poursuivre et ramener aux Ramiers des esclaves qui s'étaient échappés, et se cachaient dans les forêts du Vauclain, lorsqu'un soir... Mais pardon, monsieur le Comte, et vous aussi, mademoiselle; que vais-je faire? et ne suis-je pas bien coupable de vous rappeler un souvenir?..

LE COMTÉ.

Oh! le plus affreux, le plus cruel de tous... je vois encore revenir en courant, vers la plantation, le cheval favori de mon fils... mais lui! lui! Léon, c'est en vain que mes yeux le cherchent et que ma voix l'appelle... et cependant, dans l'ombre, je crois apercevoir sur les flancs du cheval je ne sais quel fardeau dont il cherche vainement à se délivrer... Enfin, il est au terme de sa course, il tombe sur le seuil de ma demeure, haletant, épuisé, couvert de sang et d'écume... et ce fardeau que des mains ennemies avaient fortement attaché dans la crainte qu'il n'arrivât pas jusqu'à moi, il vient enfin rouler à mes pieds... c'était, c'était le cadavre de mon fils!..

DOMINIQUE, à M. de Beaumont.

N'est-ce pas, M. le Comte, que ces hommes de couleur sont impitoyables dans leurs vengeances? La nouvelle de ce meurtre, qui se répandit bientôt dans toute la colonie, me fit frémir d'horreur; je devins presque honteux de mon origine, et de ce sang africain qui se mêlait dans mes veines à celui que j'ai reçu de mon père. Puis, de loin à loin, j'appris encore que quelqu'un de vos gérans ou de vos économes était mort par le poison... je vis que cette haine, ses attentats, s'adressaient surtout à vous, à votre maison, à votre famille... et dès ce jour, mon projet fut arrêté, dès ce jour je formai le vœu dont je vous ai parlé... (Mouvement d'interrogation de tous les personnages qui se sont groupés autour de lui.) de découvrir les coupables, de prévenir de nouveaux crimes, et de vous préserver d'un assassinat, vous ou Mlle de Beaumont. Voilà pourquoi on a pu me voir souvent la suivre de loin, prêt à la défendre si elle était attaquée; voilà pourquoi, deux fois en un mois, je me suis trouvé sur son passage, et, sans que des meurtriers aient osé la menacer, j'ai été assez heureux pour lui être utile... Ne me remerciez pas, Mademoiselle... ce que j'ai fait n'est rien : un jour, peut-être, un jour, tous mes projets pourront s'accomplir.

MICHEL, à part.

C'est égal, pour un honnête homme, il a une boule bien ingrate... ça tient peut-être à la couleur de sa peau.

LE COMTE.

Oh! je dois vous chérir, vous qui m'avez conservé ma fille, vous qui vous êtes voué à notre défense, tandis que des ennemis acharnés se cachent dans l'ombre pour nous frapper en traîtres, tandis que ceux qui ont tué mon fils s'attaquent maintenant aux plus utiles, aux plus fidèles de mes serviteurs.

DOMINIQUE.

Oui, je sais, M. le Comte; tout récemment encore, le géreur de votre habitation de la Case-Pilote, où vous retournez demain soir, vient de mourir.

LE COMTE.

Oui, empoisonné... et deux autres avant lui avaient subi le même sort. Cette place qu'il occupait est maudite; aussi personne... non, personne, à quelque prix que ce soit, n'ose plus se charger de la remplir.

DOMINIQUE.

Cette place, je vous la demande, M. le Comte.

LE COMTE.

Vous ne craignez pas?..

DOMINIQUE.

Je ne crains rien, ni le poignard, ni le poison; J'ai du courage et de la prudence... Pour résister à toutes les attaques, pour prévenir tous les piéges, j'ai une volonté de fer, et une patience que rien ne lassera... rien!..

LE COMTE.

Votre nom?

DOMINIQUE.

Dominique.

LE COMTE.

C'est bien... M. Dominique, jusqu'à ce qu'il vous plaise de me demander davantage, je vous donne la place de Durand.

DOMINIQUE.

Merci, M. le Comte! (A part.) A merveille! me voilà chez lui... je n'en voulais pas davantage.

LE COMTE, à son économe.

Maurice, à vous le soin de faire préparer un logement convenable pour cette nuit, et demain qu'il vienne à la Case-Pilote; vous le ferez reconnaître à mes noirs pour le nouveau géreur auquel ils doivent obéir.

JULIE, se rapprochant du mulâtre.

Dominique, je n'oublierai jamais que deux fois je vous ai dû la vie.

DOMINIQUE, à part.

Jamais! nous verrons.

MICHEL, s'approchant à son tour de Dominique.

Touchez là, M. Dominique, les braves sont de toutes les nations et de toutes les couleurs... Tête de cuivre!.. vous avez mon estime.

DOMINIQUE, avec un sourire ironique.

Merci! (Il sort avec Maurice.)

SCÈNE IV.

LE COMTE, JULIE, MICHEL.

MICHEL, le regardant sortir.

Décidément, il n'est pas beau de près!

LE COMTE.

Je ne t'ai pas demandé, Michel, ce que tu me voulais ce matin?

MICHEL.

Ah! voilà, M. le Comte, je suis venu pour deux motifs : Dabord, pour vous faire mes adieux, et vous annoncer la visite de mon protecteur, le capitaine de Laroche.

JULIE, vivement.

Ah! le capitaine... M. Georges?

LE COMTE.

En effet, nous le verrons ce matin avec son frère; je le sais par cette lettre.

JULIE.

Cette lettre?

LE COMTE.

Elle te concerne un peu, mon enfant.

JULIE.

Moi! une lettre de M. de Laroche... que signifie, mon père?

LE COMTE.

Tout à l'heure, tu le sauras.

MICHEL, à part.

Je comprends, le capitaine se décide à faire sa déclaration.

LE COMTE, à Michel.

Eh bien! le second motif de ta visite?

MICHEL.

J'y suis. C'est pour vous dire, M. le Comte, que, grâce à la recommandation du capitaine, j'ai toujours été bien reçu et bien traité par vous; que toutes les fois que je vous ai raconté mes campagnes sur mer, vous m'avez écouté patiemment et sans vous endormir; que souvent même, vous m'avez serré la main à moi, pauvre matelot; que vous m'avez appelé votre ami, votre frère, en songeant à votre patrie, dont nous parlions ensemble et que vous n'aviez pas vue depuis vingt-cinq ans, à la France; c'est pour vous dire que l'appétit vient en mangeant, et que toutes vos bontés m'encouragent à vous en demander une nouvelle.

LE COMTE, avec impatience.

Parle vite... explique-toi?

MICHEL.

C'est pour vous dire que j'ai recueilli, sauvé de la faim et de la misère, une pauvre fille, qui à mon départ va se trouver sans asile, sans pain, et j'avais pensé...

JULIE, avec empressement.

Eh bien! fais-la venir.

MICHEL, avec joie.

Oui, c'est cela, c'est cela même... j'avais pensé que si quelquefois Mlle Julie pouvait lui donner une petite place de confiance parmi les mulâtresses...

JULIE, plus froidement.

Ah! c'est une mulâtresse!

MICHEL.

Pas tout-à-fait; elle tient de la mulâtresse, mais de loin, de très loin, tout juste autant que je peux tenir de mon trisaïeul. Il faut la regarder de bien près pour s'apercevoir qu'il y a eu du moricaud dans ses ancêtres... ce n'est pas une capresse, ni une quarteronne, ni même une quarteronnée... c'est un sang-mêlé, comme vous dites dans les colonies... Enfin, elle est plus blanche que moi... (Regardant Julie.) Pas tant que vous, Mademoiselle... (Regardant M. de Beaumont.) Comme vous, M. le Comte, absolument dans votre genre... (Nouveau mouvement d'impatience du Comte. Michel continue, sans l'avoir remarqué.) Du reste, bien douce, allez, et bien malheureuse! Elle vous fera pitié comme à moi, j'en suis sûr.

JULIE.

Allons, fais-la venir.

LE COMTE.

Va donc, puisque ma fille le veut; c'est elle seule que cela regarde.

MICHEL.

Ah! M. le Comte, Mademoiselle... vrai, c'est une bonne action que vous allez faire, et ça vous portera bonheur, saperlotte!.. Excusez l'expression... c'est un mot qui se dit à bord de l'Iphigénie. (Il sort.)

SCÈNE V.

LE COMTE, JULIE.

JULIE.

Mon père, nous sommes seuls enfin; je vous en supplie, cette lettre qui me concerne un peu, m'avez-vous dit, quelle est-elle donc?

LE COMTE.

Eh mais! ce n'est rien moins, mon enfant, qu'une demande en mariage.

JULIE.

Ah!.. M. de Laroche!

LE COMTE.

Lui-même... qu'en penses-tu?

JULIE.

Moi! pardon, mon père; la surprise... j'étais si loin de m'attendre... Mais vous-même, quel est votre avis? et que voulez-vous répondre?

LE COMTE.

Te l'avouerai-je? c'est une pensée de tristesse que m'a inspirée la première lecture de cette lettre... car j'ai songé qu'il faudrait me séparer de toi, mon seul bonheur désormais, la seule joie de ma vieillesse... Puis, un instant après, je me suis reproché d'avoir pensé d'abord à moi, à moi seul; je me suis dit que ce n'est pas pour lui qu'un père doit aimer ses enfans; que ton malheureux frère n'est plus là pour te protéger, et qu'à chaque instant je craindrai de te perdre comme je l'ai perdu, lui!

JULIE.

Oh! toujours! toujours cet affreux souvenir!

LE COMTE.

Julie, aujourd'hui plus que jamais, il me poursuit, il me torture... Tu vois donc bien que je dois désirer, chercher pour toi un appui, un défenseur; et ce mariage qu'on me propose... eh bien! mon enfant, je suis prêt à y consentir; et j'emploierais, pour t'y décider, toute mon autorité de père... si depuis long-temps je n'étais pas habitué à faire ta volonté, et non pas la mienne. Ici, tout le monde est à mes ordres, et je suis aux tiens, Julie.

JULIE.

Eh bien! mon père, s'il est vrai que j'aie sur vous quelque pouvoir, dans cette occasion, je l'abdique... Ordonnez, et je suis prête à vous obéir.

LE COMTE.

En vérité?

JULIE.

Ce mariage, il faut bien vous l'avouer à mon tour, ce mariage, j'y avais pensé quelquefois... mon père, c'était un peu de votre faute. Sans cesse autour de moi, j'entendais faire l'éloge de ces deux frères; vous ne connaissiez personne, disiez-vous, qui fût plus digne de votre estime et de votre affection; c'était avec une sorte d'impatience que vous attendiez leur visite... Que voulez-vous? et moi aussi, sans y penser, j'en étais venue à éprouver un peu de cette impatience... Puis, de temps en temps, vous reteniez ici ce matelot, qui vient de nous quitter, Michel-Lambert... lui aussi, nous parlait avec enthousiasme de ses deux protecteurs... du capitaine surtout, si généreux et si brave! il nous disait comment M. Georges avait gagné noblement tous ses grades dans les dernières victoires de la France.

LE COMTE, la regardant avec étonnement.

M. Georges!

JULIE.

Et moi, moi, comme vous, je suivais avidement tous ses récits; je ne me lassais pas d'entendre ce matelot me raconter la vie de M. Georges, et, quand il n'était plus là, j'y songeais encore, c'était un souvenir qui s'attachait à moi, qu'aucune autre pensée ne pouvait plus bannir de mon âme... (Souriant.) Oh! c'était votre faute, mon père!

LE COMTE.

Mais, Julie, ce n'est pas le capitaine qui te demande en mariage.

JULIE.

Ah!.. ah! ce n'est pas lui!

LE COMTE.

C'est son frère.

JULIE.

Son frère!

LE COMTE.

M. Henri de Laroche, que tous nos colons aiment et honorent; M. Henri de Laroche, qui par son zèle infatigable, a sauvé d'une ruine certaine, dans ces temps de désastre, et sa maison et la mienne, Julie... et cependant, si je t'ai bien comprise...

JULIE.

Mon père... je vous en supplie, épargnez-moi... je veux... je désire ne jamais me séparer de vous.

LE COMTE.

Folle! allons, je ne m'engagerai à rien envers ce jeune homme; mais il t'aime tant, et chaque phrase de sa lettre respire tant de noblesse et de loyauté, que je ne me sens pas le courage de lui répondre par un refus... tiens! j'aperçois ma sœur qui se dirige de ce côté: je te laisse avec elle, et je vais à la rencontre de M. de Laroche... je te l'ai promis, aujourd'hui, je ne dirai rien, et je compte sur le temps pour te faire changer de résolution.

JULIE, à part.

Ce n'est pas lui; c'est son frère qui demande ma main... ô mon Dieu! j'ai bien de la peine à m'habituer à cette pensée.

(Pendant cet à-parté, le Comte a été serrer la main de sa sœur, Mme de Verneuil qui entre à gauche, tenant par la main une petite fille de quatre à cinq ans. Puis, il sort par le fond, et la religieuse s'approche de Julie.)

SCÈNE VI.

JULIE, Mme DE VERNEUIL, UN ENFANT.

Mme DE VERNEUIL.

Eh bien, Julie, à quoi pensez-vous? de petits chagrins, n'est-ce pas?

JULIE.

Ah! pardon, ma tante, pardon, je ne vous avais pas vue... des chagrins? non, je n'en ai pas... je suis heureuse, très heureuse... parlons de vous, de vous seule... et de cette enfant... car hier au soir, j'ai bien vu que vous donniez sur elle quelques détails à mon père; mais je n'ai pu rien entendre...

Mme DE VERNEUIL.

Curieuse!.. mais je n'ai pas de raison pour vous en faire un mystère, c'est une orpheline, ma fille d'adoption.

JULIE.

Comment? (Elles s'asseyent.)

Mme DE VERNEUIL.

Il y a six mois, le fléau qui, presque tous les ans, vient décimer nos colonies, la fièvre jaune sévissait avec fureur sur toute la population de Saint-Pierre; ce fut alors que la marquise de Verneuil, veuve depuis peu de temps d'un époux qu'elle avait adoré, renonça au monde, et quitta son brillant hôtel pour entrer à la maison de charité de cette ville, sous le nom de sœur Thérèse. Deux jours après, cette enfant fut apportée mourante entre mes bras. Tous les médecins déclarèrent qu'il n'y avait plus d'espoir, rejetèrent sur sa tête le drap qui devait lui servir de linceul, et passèrent à d'autres malades... moi, moi seule, je refusai de l'abandonner: il me sembla que je devais compte à Dieu de cette frêle existence dont on faisait si peu de cas. Pendant des heures entières, je demeurai auprès de la pauvre enfant, pâle et glacée; je cherchais à ranimer en elle un souffle de vie toujours près de s'éteindre... et Dieu seconda mes efforts... et je sentis enfin son cœur se réchauffer et battre encore sous ma main tremblante... puis, elle rouvrit les yeux; puis elle appella sa mère... sa mère! oh! dès cet instant, je l'étais devenue, moi, par qui elle venait de renaître, et je compris qu'il y avait encore pour moi du bonheur sur la terre.

L'ENFANT, lui prenant les mains, et les embrassant.

Oui, c'est toi, toi qui as remplacé ma mère, et que j'aime... comme je l'aimais.

JULIE.

Pauvre petite! Mais n'avez-vous jamais su, ma tante, quelle était sa famille?

Mme DE VERNEUIL.

Jamais... on n'a pu découvrir par qui elle avait été déposée au seuil de l'hospice.

JULIE.

Et toi, enfant, n'as-tu donc aucun souvenir? ta mère... ne la reconnaîtrais-tu pas, si tu la voyais?

L'ENFANT.

Oh! si... je la reconnaîtrais bien... elle était belle... et puis, bonne!.. oh! bien bonne! (Se retournant vers la Marquise.) Comme toi, comme toi.

JULIE.

Son nom?

L'ENFANT.

Je l'appellais maman... et lui, lui... mon père, il lui donnait bien un autre nom... mais... mais j'ai beau chercher, j'ai beau chercher... je ne m'en souviens pas.

JULIN.

Ton père!... tu l'aimais aussi.... n'est-ce pas?...

L'ENFANT.

Maman me le disait tous les jours, qu'il fallait l'aimer... et moi, je le voulais bien; mais il la faisait pleurer, elle... alors... je ne l'aimais plus... et puis, il partait, il laissait maman toute seule, et elle pleurait davantage... et puis, un jour... je commençais à être malade, bien malade, et maman était sortie pour aller chercher du secours; alors, mon père me prit dans ses bras, il m'emporta... je ne pouvais plus pleurer, je ne pouvais plus crier... je souffrais trop... et puis, je crois que j'ai dormi bien long-temps... et quand je me suis réveillée, j'étais avec toi... et je t'ai aimée bien vite et de toute mon âme... mais ça n'empêche pas que je regrette toujours l'autre mère que j'ai perdue, et que ça me fait beaucoup... beaucoup de mal quand je pense à elle.

JULIE, parlant à la religieuse, tout en prenant les mains de l'enfant, et la regardant avec beaucoup d'attention.

Mais ma tante, ne l'avez-vous pas conduite avec soin dans tout Saint-Pierre? n'a-t-elle rien vu qui ait paru frapper son attention, et lui rappelle quelque souvenir?

Mme DE VERNEUIL.

Rien... personne ne la connaissait. Tout me porte à croire que ses parens n'habitaient point cette ville; et que son père, en l'emmenant loin de sa demeure pour la conduire à notre maison de charité, voulait l'abandonner et l'éloigner pour jamais de sa mère.

JULIE.

Oh! c'est affreux, c'est infâme!.. je vous approuve bien fort d'avoir pris en affection cette pauvre enfant... Mais tenez, regardez donc, ma tante, est-ce qu'à travers cette jolie figure, et ces joues si fraîches et si roses, vous n'apercevez pas quelques traces de sang noir?

L'ENFANT.

Tiens! on a déjà dit ça en me regardant... qu'est-ce que cela veut dire, du sang noir?

Mme DE VERNEUIL.

Rien, rien, mon enfant... pour vous, Julie, cette différence de couleur et d'origine peut exister encore; mais moi, qui suis habituée à voir autour de moi toujours et partout des souffrances, et les mêmes souffrances chez le nègre et le mulâtre que chez les blancs d'Europe et d'Amérique, il faut bien que malgré moi je croie à l'égalité.

JULIE.

L'égalité!

Mme DE VERNEUIL.

C'est la morale de l'évangile. Mais, adieu, ma nièce: il faut que je parte!

JULIE.

Déjà!..

Mme DE VERNEUIL.

On m'attend ce soir au Fort-Royal, à l'hospice de Sainte-Marie.

JULIE.

Mais vous ne savez donc pas, ma tante? mon père a donné des ordres pour que vous ne partiez pas seule.

Mme DE VERNEUIL.

Comment?

JULIE.

Tous nous vous conduirons... et puis, les religieuses, dont vous allez être la supérieure, viennent au-devant de vous en grande cérémonie...

Mme DE VERNEUIL.

Mais à quoi bon tout cela?

JULIE.

Ne méritez-vous pas un tel honneur? tout en regrettant, de vous voir si peu, nous sommes fiers d'entendre tous les malheureux vous bénir; et mon père dit que sa sœur est la plus grande gloire de notre famille.

Mme DE VERNEUIL.

Taisez-vous, Julie! vous me donneriez de l'orgueil, et j'ai fait vœu d'humilité. Venez donc avec moi rejoindre mon frère, et m'aider à recevoir les honneurs qu'on me prépare.

JULIE.

Emmènerez-vous cet enfant dans votre nouvelle demeure.

Mme DE VERNEUIL.

Sans doute... est-ce que tu voudrais me quitter, ma fille?

L'ENFANT.

Jamais! à moins...

LES DEUX FEMMES.

Eh bien?

L'ENFANT.

A moins que je ne retrouve mon autre mère... et alors, je viendrais te voir souvent, tous les jours... et je t'aimerais toute ma vie.

(Michel-Lambert paraît au fond, au moment où les deux femmes et la petite fille marchent vers la gauche.)

SCÈNE VII.

LES MÊMES, MICHEL LAMBERT.

MICHEL, bas à Julie dont il s'est approché avec mystère.

Mademoiselle... Mademoiselle... elle est là, je vous l'amène.

JULIE.

Qui donc?

MICHEL, de même.

Ma protégée... vous savez bien, vous avez eu la bonté de me promettre...

JULIE.

Ah! c'est bien, mon ami... dans cet instant, je ne puis la voir, lui parler... mais vous avez ma parole, elle est à mon service, et je veillerai à ce qu'elle soit heureuse. Venez, venez, ma tante.

MICHEL.

Merci, merci, Mademoiselle.

(Julie, la Religieuse et l'Enfant sortent par la gauche.)

SCÈNE VIII.

MICHEL, FLORA.

MICHEL, se retournant vers le fond.

Allons, avancez donc et n'ayez pas peur. (Entrée de Flora qui regarde en tremblant autour d'elle.) Soyez tranquille; je sais à qui je vous confie... c'est une brave demoiselle, un peu vive... elle n'est pas créole pour rien, mais bonne... comme une Française!.. une Française qui est bonne!

FLORA.

Monsieur Michel, merci de vos soins généreux. Seul, vous avez tendu une main secourable à la pauvre Flora lorsqu'elle était abandonnée de tous, de Dieu lui-même... Votre souvenir restera là, toujours là, jusqu'à ma mort.

MICHEL.

Votre mort! J'espère, Flora, qu'elle est encore bien éloignée, et que vous ne songez pas...

FLORA.

D'ailleurs, j'ai encore un intérêt dans ce monde, vous le savez, vous; et tant que je n'aurai pas vu s'éteindre ce rayon d'espoir, j'aurai le courage de vivre.

MICHEL.

C'est bien, Flora, c'est bien... Mais, songez-y, vous m'aviez confié tout votre secret, à moi, un vieux loup de mer qui n'a pas de préjugés. Vous avez été franche avec moi, et je vous en aime davantage; mais, ici, ce n'est plus ça; ici, ça ne regarde personne. M. le comte est un brave homme, sa fille a le cœur sur la main; mais s'ils apprenaient que vous avez eu des malheurs dans ce genre-là; si vous alliez leur conter les perfidies et le parjure de votre scélérat de mulâtre, car il paraît que la couleur n'y fait rien, et qu'on tient ses sermens dans le nouveau monde absolument comme dans l'ancien... Ah! dame, je ne vous dis pas ça pour vous faire pleurer, mais ça gâterait terriblement les affaires.

FLORA.

Oui, elle ne comprendrait pas, elle, riche et noble; elle, qui depuis son enfance a vu tout le monde l'adorer et s'incliner devant ses caprices; elle ne comprendrait pas que, dès son enfance, la pauvre fille de couleur a été vouée par son père à l'opprobre et à la séduction! Fille d'un blanc et d'une mulâtresse, ne suis-je pas née l'esclave de mon père? Il m'a fait élever avec soin comme, plus tard, il devait avec soin chercher tous les moyens de m'embellir, non pour être heureux, dans sa vieillesse, de la beauté et du bonheur de sa fille, mais pour que son esclave fut jetée plus séduisante et vendue à plus haut prix sur la place de Saint-Pierre!.. Et moi! moi, contre cette infâme destinée, j'ai cherché un appui, un refuge chez celui que j'aimais, qui, plus tard, devait me trahir, m'abandonner... O mon Dieu! mon Dieu! (De nouveau, Michel lui fait signe de se contenir, en regardant autour de lui avec inquiétude.) Vous avez raison, mon bon Michel, seul vous devez connaître mes douleurs; et le Comte et sa fille me chasseraient peut-être avec mépris de leur présence, au lieu de me plaindre comme vous... Je me tairai! je me tairai!..

MICHEL.

A la bonne heure! vous ferez bien... Tenez. nous ne sommes plus seuls.

SCÈNE IX.

LES MÊMES, MAURICE.

MAURICE.

Je viens, par l'ordre de mademoiselle, chercher votre protégée, monsieur Michel, et la conduire auprès de ses nouvelles compagnes.

MICHEL.

La voici... A vous aussi, monsieur Maurice, je vous la recommande. (A Flora.) Bon courage! Je vais, peut-être, me faire casser la tête par là-bas; mais je vous laisse dans une bonne maison, et vous serez heureuse.

FLORA.

Heureuse!

MICHEL, bas.

Allons, ne pleurez plus. Et toi, Michel Lambert, mon ami, donne-lui donc l'exemple... renfonce-moi bien vite ces larmes-là!.. Au revoir, car j'espère bien vous retrouver tout à l'heure sur mon passage, quand j'irai rejoindre les camarades.

FLORA, pleurant toujours, et lui serrant la main.

Au revoir!

MAURICE, bas à Michel, en emmenant Flora.

Diable! elle a l'air de vous regretter; je vous en fais mon compliment. (Il sort avec elle.)

SCÈNE X.

MICHEL, puis GEORGES DE LAROCHE.

MICHEL.

Hein! qu'est-ce qu'il dit? Est-ce qu'il se mettrait dans l'idée, par hasard... Imbécille! Le fait est que dans les temps, moi, qui n'ai pas de préjugés, j'ai pu me laisser séduire et adorer par des femmes de toutes les couleurs; mais aujourd'hui, c'est fini de rire... Assez causé, l'ancien... J'aime ma petite Flora comme un père, ni plus ni moins, et si je pouvais... Ah! le capitaine Georges!

GEORGES, entrant.

Moi-même, mon brave... Je ne sais quelle mystérieuse entrevue mon frère peut avoir avec M. de Beaumont; mais il m'a semblé que j'étais de trop, et je les ai laissé visiter ensemble l'atelier et la sucrerie de M. le Comte. Ils parlaient sans doute commerce, affaires, intérêts de la colonie, et je ne comprends rien à tout cela.

MICHEL.

Comme moi; je ne sais que me battre.

GEORGES.

Tu vas partir?

MICHEL.

Au premier coup de canon qui sera tiré du Fort-Royal, il faut songer à rejoindre les embarcations. Je ne regrette qu'une chose, capitaine, c'est que vous ne soyez pas de la partie.

GEORGES.

Que veux-tu? Je le regrette autant que toi peut-être. Oui, il y a des instans où je me reproche de n'avoir pas accepté avec empressement l'offre que m'a faite le gouverneur.

MICHEL.

Laquelle?

GEORGES.

On me laisse le choix, ou de m'embarquer avec vous, ou de rester au Fort-Royal; et si je le voulais, à cette heure encore, je n'aurais qu'à dire un mot...

MICHEL.

Pour partir! et vous ne le dites pas!

GEORGES.

Non, car il y va pour moi, Michel, de mes plus chères espérances et du bonheur de toute ma vie.

MICHEL.

Ah bah! j'y suis... Je parie que j'ai deviné... Vous êtes amoureux... Mamzelle Julie...

GEORGES.

Tais-toi! tais-toi, voici mon frère!

SCÈNE XI.

LES MÊMES, HENRI DE LAROCHE.

MICHEL.

Salut, M. de Laroche! Sans adieu, capitaine. (A part.) J'en étais sûr.,. il est amoureux... Et dire que j'ai eu de ces faiblesses-là... il y a une vingtaine d'années... et que je regrette de ne plus les avoir... Saperlotte! est-on bête!

(Il sort en saluant de nouveau les jeunes gens.)

SCÈNE XII.

GEORGES ET HENRI.

HENRI.

Frère, j'ai quelque chose à te confier.

GEORGES.

Et moi aussi.

HENRI.

Et puis, tu vas rire... des excuses à te faire.

GEORGES.

Et moi aussi.

HENRI

Oui, j'ai été discret, mystérieux avec toi; j'ai manqué de franchise.

GEORGES.

Et moi aussi.

HENRI.

Pardonne-moi.

GEORGES.

Je t'en dis autant, Henri, pardonne-moi.

HENRI.

Comment? parle.

GEORGES.

Explique-toi.

HENRI.

Toi, d'abord; je suis le plus jeune.

GEORGES.

Toi le premier : tu es l'homme raisonnable de la famille.

HENRI.

Eh bien! tu as cru que les affaires de notre maison occupaient seuls tous mes instans. Tu as cru que je venais ici, tout à l'heure, pour en parler avec M. le comte de Beaumont... Frère, je t'ai trompé : je suis...

GEORGES.

Eh bien! parle.

HENRI.

Je suis... amoureux.

GEORGES.

De Julie!

HENRI.

De Julie.

GEORGES, à part.

O ciel! qu'ai-je entendu?

HENRI.

Mais, amoureux à en oublier parfois tout ce que j'ai de plus cher au monde, mes travaux, mon pays... toi, toi peut-être, mon frère!.. Tu vois bien que, dans notre intérêt à tous les deux, il faut que je l'épouse... Je l'ai dit à son père; j'ai fait ma demande formelle; et, bien qu'il n'ait rien promis encore, j'ai bonne espérance. O mon frère! mon frère! que je suis heureux!.. Et toi, tu me pardonnes, n'est-ce pas?.. Oh! ne me dis rien pour me blâmer, ne cherche pas à me faire changer de projets... car si je suis fou, vois-tu? il est impossible de me guérir!

GEORGES.

Non, non, je ne te blâme pas, Henri; ton choix est honorable, et je t'approuve. Sois l'époux de Julie; sois heureux!

HENRI.

Merci, merci, Georges... N'est-ce pas qu'elle est belle? n'est-ce pas que c'est un choix digne de notre maison, et que tu chériras ta sœur de toute l'amitié, de tout le dévoûment que tu portes à ton frère... Mais je suis un égoïste, je ne songe qu'à moi, à mes espérances, à mon bonheur, et j'oublie que toi aussi, Georges, tu as un secret à me confier, et... (Souriant.) des excuses à me faire.

GEORGES.

Oui, mon ami, oui... j'ai été coupable, et moi aussi, je t'ai trompé... lorsque ton amitié me retenait ici, je me suis efforcé, contraint pour faire consister tout mon bonheur à demeurer toujours, toujours auprès de mon frère; j'ai refusé hier encore de partir pour cette expédition qui se prépare... et maintenant, maintenant que l'heure approche, je sens que ce serait un désespoir pour moi de ne pas partir!

HENRI.

Comment! que dis-tu? tu veux me quitter, Georges? à l'instant où plus que jamais j'ai besoin de ta présence, lorsque dans quelques mois, dans quelques semaines peut-être, je serai son époux!

GEORGES.

Que veux-tu? je te dirai ce que tu me disais tout à l'heure, c'est de l'égoïsme; mais je sens qu'un désir impérieux, un ascendant irrésistible m'entraîne. (Coup de canon.)

TOUS DEUX ENSEMBLE.

Ah! le signal!

SCÈNE XIII.

LES MÊMES, LE COMTE, JULIE, MICHEL-LAMBERT, OFFICIERS ET MARINS, NÈGRES ET MULATRES.

LE COMTE, aux deux jeunes gens.

Entendez-vous, Messieurs? dans une heure, l'Iphigénie aura mis à la voile pour la Véra-Cruz.

MICHEL, entrant, suivi d'autres matelots.

En avant, camarades, on nous attend... bonsoir aux amis! salut à tout le monde, et vite au large! capitaine, je viens vous faire mes adieux!

GEORGES.

Je ne les reçois pas. Nous partons ensemble.

(Mouvement de surprise générale.)

MICHEL.

Ah! bah!

JULIE, à part.

Que dit-il?

MICHEL.

Je n'ai pas bien entendu... vous qui, tout à l'heure...

GEORGES, bas.

Tais-toi!

MICHEL, bas.

Mais, votre amour...

GEORGES, bas.

Il doit mourir là... si tu m'aimes, n'en parle jamais, entends-tu?

MICHEL, bas.

Jamais! (A part.) Je n'y comprends rien, mais c'est égal... (Haut.) Je suis tout fier, capitaine, de me trouver bientôt auprès de vous, en face de l'ennemi.

HENRI.

Je te dis que je ne puis y consentir, Georges, et que cette brusque résolution...

GEORGES.

Et moi, je te dis que rien au monde ne saurait me retenir. Le gouverneur va présider aux embarcations. Ce matin encore, il m'a laissé le choix ou de rester ou de partir. Ce choix est fait: à moi, des combats, de la gloire, c'est là ma vie, la seule que je puisse aimer, la seule qui me convienne, et lorsqu'une occasion, une seule se présente de servir la France les armes à la main, je la laisserais échapper... je resterais ici, inactif, inutile; occupé tout au plus de temps à autre à réprimer quelque révolte de nègres... Oh! cela ne sera pas, frère: il faut que je parte.

HENRI.

Eh bien, Georges, à chacun sa vocation! je ne te retiens plus; ici, nous ferons tous des vœux pour toi... nous suivrons avec inquiétude tous les récits qui nous viendront de la Véra-Cruz... et toi, quand les balles tomberont autour de toi, quand tu courras en aveugle au-devant du danger, n'oublie pas, je t'en conjure, que ta vie nous appartient.

LE COMTE.

N'oubliez pas, M. Georges, qu'ici, votre frère et vos amis vous attendent.

(Nouveau coup de canon. Ici, Dominique rentre doucement par la droite et observe avec attention.)

MICHEL.

Capitaine, plus de retard! il faut rejoindre.

GEORGES.

Je suis prêt... (A part, pendant que des nègres viennent lui mettre son manteau sur les épaules.) Je le devais. Il méritait mieux que moi d'être heureux, et pour la première fois de ma vie, j'aurai fait pour lui quelque chose. (Haut.) M. le Comte, Mademoiselle, adieu!

JULIE.

Adieu, M. Georges... (A part.) Il part! je ne le verrai plus.

HENRI.

Je ne te quitte pas encore, frère.

LE COMTE.

Nous vous conduisons sur la route du Fort-Royal.

MICHEL.

Salut, mamzelle Julie; M. le Comte, vous apprendrez dans un mois, que nous avons fait danser aux Mexicains la danse de *prends-garde-à-ta-peau*. C'est un mot qui se dit à bord de l'Iphigénie. Partons! partons!

TOUS.

Adieu! adieu!

(Tous les personnages sortent par le fond, excepté Dominique qui reste en scène.)

SCÈNE XIV.

DOMINIQUE, seul.

(Pendant toute la scène, Dominique a suivi de l'œil le capitaine.)

Il s'éloigne!.. tant mieux... les regards qu'il jetait sur mademoiselle de Beaumont... Est-ce qu'il l'aimerait? non, puisque lui-même a demandé à partir... mais celui qui reste!.. n'importe, me voilà introduit, et je l'ai dit à M. le comte de Beaumont, j'ai une volonté de fer, et une patience que rien ne lassera.

SCÈNE XV.

DOMINIQUE, FLORA.

FLORA, rentrant par le fond, et se retournant vers la cantonnade.

Adieu, mon bon Michel, mon protecteur, mon père... adieu!

(Elle redescend la scène et se trouve face à face avec Dominique.)

DOMINIQUE.

Flora!

FLORA.

Dominique!.. (Marchant vivement à lui.) Et mon enfant! mon enfant!.. ma pauvre fille... Parle, qu'en as-tu fait? où est-elle? réponds-moi.

DOMINIQUE.

Flora... elle est morte!

FLORA.

Morte!.. ah!

(Elle pousse un cri et tombe évanouie. Dominique se met à genoux pour la relever et la secourir. Dans ce moment, musique religieuse à l'orchestre. On voit la religieuse et l'enfant dans un palanquin porté par des nègres et entouré d'autres sœurs de charité. Le comte de Beaumont, Julie, Henri, sont auprès de Mme de Verneuil.)

LE COMTE.

Adieu, ma sœur, nous vous reverrons à l'hospice de Sainte-Marie.

(Le cortége se met en marche et s'arrête en face du public; sur le devant du théâtre, à l'extrême droite, Dominique est toujours à genoux près de Flora évanouie, soutenant sa tête dans ses mains, et la masquant avec soin aux yeux des autres personnages. Il est lui-même placé de manière à ne voir ni la religieuse ni l'enfant.)

FIN DU PREMIER ACTE.

ACTE II.

Extérieur d'une plantation, chez M. de Beaumont. A droite et à gauche, des pavillons.

SCÈNE I.

DOMINIQUE, DES NÈGRES, DES COMMANDEURS.

(On entend le son de la corne marine. Les Nègres entrent en scène, les uns avec des pioches, d'autres avec des haches, d'autres portent des fardeaux. Les Commandeurs font claquer leurs fouets.)

PREMIER COMMANDEUR, à un nègre qui entre lentement après les autres.

Toujours en retard, toi... lâche! fainéant!

DEUXIÈME COMMANDEUR.

Allons, allons, vite, au travail.

ENSEMBLE.

Au travail, au travail!

UN NÈGRE.

Ce n'est donc pas fête, aujourd'hui?.. on nous avait promis...

DOMINIQUE, qui est entré pendant ces derniers mots.

Silence! qui t'a permis de parler, esclave? non, pas de fête; et vite à l'ouvrage.

PREMIER COMMANDEUR, à demi-voix.

Cependant, M. Dominique, c'est par votre ordre que je leur avais annoncé ce matin...

DOMINIQUE.

La signature du contrat de mariage de Mlle de Beaumont avec M. Henri de Laroche... J'avais parlé trop tôt, on a changé de projets... la cérémonie est remise. (A part.) Grâce à Dieu.

PREMIER COMMANDEUR.

A quand donc?

DOMINIQUE.

Qu'est-ce que cela vous fait.

DEUXIÈME COMMANDEUR.

Ah! j'avais oublié, M. Dominique, de vous prévenir qu'hier au soir à la rentrée des travaux, un nègre, perdu dans le troupeau, avait fait entendre des paroles offensantes pour M. Henri de Laroche. Ce nègre dont je n'avais pu reconnaître la voix, vient de m'être dénoncé par un de ses camarades.

DOMINIQUE.

Qui a osé insulter M. de Laroche, le futur époux de notre jeune maîtresse, l'ami, le père des nègres!.. Le nom du coupable, et que les châtimens les plus sévères...

(Entre par la gauche, François, amené par d'autres nègres. Depuis quelques instans, Henri de Laroche a paru sur les degrés du pavillon de droite.)

SCÈNE II.

LES MÊMES, FRANÇOIS, HENRI DE LAROCHE.

DOMINIQUE.

Ah! François! (Bas.) Imprudent!

FRANÇOIS.

Maître, maître, sauve-moi du fouet du commandeur.

DOMINIQUE.

Eh! le puis-je, maintenant?

DEUXIÈME COMMANDEUR, un fouet à la main.

Quelle ration de prudence administrerai-je à ce bavard?

HENRI, descendant les degrés.

Je demande sa grâce... il n'a insulté que moi, n'est-ce pas?

DOMINIQUE, à part.

Je respire. (Haut.) Monsieur, comme gérant de cette plantation, j'ai une grande responsabilité; si l'extrême rigueur a ses dangers, l'excessive indulgence a les siens. La faute de cet esclave n'est pas graciable, il faut un exemple, il faut...

HENRI.

Il faut lui pardonner... si ma prière est sans empire sur vous, je la renouvelle au nom de Mlle de Beaumont, ma fiancée et bientôt ma femme.

DOMINIQUE, à part.

Sa femme! (Haut.) Je n'ai rien à refuser au nom que vous invoquez. Allons, remerçie monsieur, misérable.

HENRI.

Qui diable t'avait dit du mal de moi?

(Il lui donne de l'argent.)

FRANÇOIS.

Je n'en dirai plus que du bien, maître.

DOMINIQUE, bas à François.

Reviens tout à l'heure.

FRANÇOIS, bas.

C'est convenu.

DOMINIQUE.

Vous autres, à l'ouvrage!

LES COMMANDEURS.

A l'ouvrage, à l'ouvrage.

(Sortent les esclaves et les commandeurs.)

SCÈNE III.

DOMINIQUE, M. DE LAROCHE.

DOMINIQUE.

Vous êtes trop indulgent, M. de Laroche, prenez garde! un esclave à qui on fait grâce, c'est un ennemi qu'on encourage à vous faire du mal.

HENRI.

Peut-être avez-vous raison; mais vous le savez, jamais je n'ai pu m'habituer à considérer les nègres comme des brutes qui ne marchent et n'agissent que sous le fouet des commandeurs. Ce sont des hommes, après tout.

DOMINIQUE, à part.

Après tout! merci.

HENRI, continuant.

Pourquoi la douceur et la persuasion ne réussiraient-elles pas avec eux comme avec les autres hommes?

DOMINIQUE.

Impossible! quoique vous fassiez pour eux,

vous aurez toujours à leurs yeux un tort impardonnable.

HENRI.

Lequel?

DOMINIQUE.

Vous êtes leur maître... soyez méchant ou bon, peu importe... vous êtes leur maître et tout est dit. Vous parlez de nègres reconnaissans, dévoués... Vous ne les connaissez guère... il y a en eux un sentiment qui domine et qui étouffe tous les autres, l'envie, l'envie éternelle et impuissante qui aspire à un but qu'elle ne doit jamais atteindre. Soyez avec eux doux jusqu'à la faiblesse généreux jusqu'à la prodigalité; faites-les libres, faites-les riches, ils ne vous en aimeront pas davantage, Les nègres! savez-vous ce qu'il y a au fond de leurs plaintes? savez-vous ce qu'ils veulent? Ils veulent devenir blancs!

HENRI.

Vous exagérez.

DOMINIQUE.

Du tout.

HENRI.

Mais savez-vous que nos rôles sont intervertis, c'est moi qui défends les nègres, moi, créole, et vous les accusez, vous...

DOMINIQUE.

Vous leur frère et leur fils, un mulâtre... Pardonnez-moi d'être d'un avis contraire au vôtre.

HENRI.

Il y a quelque chose d'amer dans votre accent et je ne sais pas si vous pensez ce que vous dites.

DOMINIQUE.

Vous me croyez un hypocrite! c'est trop d'honneur que vous me faites, monsieur; je ne suis qu'un pauvre homme, doué de quelque bon sens, peut-être et qui tâche de se mettre à l'abri des préjugés de sa condition. Quand je suis arrivé dans les colonies, tout frais émoulu de mon éducation européenne, moi aussi j'avais la tête farcie des grandes phrases que débitent à tant la ligne messieurs les philantropes d'outre-mer. Je venais justement de faire un voyage en France qui est bien le pays du monde où l'on en fait la plus large consommation. Trois ans de séjour à la Martinique ont furieusement changé mes idées. Je n'ai vu dans la race nègre, y compris les mulâtres, que des hommes nés pour la servitude. Chez eux, rien de ce qui fait les peuples libres; nulle intelligence, point de résolution; leur courage, c'est la ruse; leur arme favorite, le poison; et le plaisant est que ces hommes déchus du rang d'homme, qui ne marchent pas... qui rampent, se poursuivent entre eux de la même flétrissure dont ils sont frappés par les blancs; le sang-mêlé méprise le quarteron, qui méprise le mamelouk, qui méprise le métis, qui méprise le nègre... que sais-je, enfin!.. Moi, je les méprise tous.

HENRI.

Si vous êtes sincère, vous êtes fou. Qui vous a inspiré ces préventions contre votre race, contre vous-même, puisque vous ne faites d'exception pour personne?.. Depuis un certain temps, des crimes ont été commis; c'est l'ouvrage de quelques hommes, faut-il en accuser tout un peuple? Les nègres n'ont pas d'intelligence!.. dans nos climats peut-être, et la faute en est à nous qui abrutissons leur esprit pour assurer leur servitude; mais en Angleterre, en France, voyez que de supériorités sociales parmi les hommes de couleur! la patrie leur doit des généraux, des artistes, des poètes... quel est le mérite qui leur a manqué? quelle est la gloire dont ils n'aient pas eu leur part? Et chaque jour les feuilles publiques ne viennent-elles pas nous apprendre que de nouvelles couronnes ont étéjetées sur des têtes que nous prétendrions ici faire courber devant les nôtres? Ces hommes, nous les ferions esclaves... là-bas, on les a reconnus maîtres, maîtres par le talent, par le courage, par le génie... Allons, convenez-en, Dominique, il y a un peu d'affectation dans votre mépris pour ceux que vous devriez défendre... peut-être ne parlez-vous ainsi que pour vivre en repos et en faveur parmi les créoles; mais songez-y, ce ne serait pas le moyen de réussir auprès de moi. Adieu, Dominique.

(Il entre dans le cabinet à gauche.)

SCÈNE IV.

DOMINIQUE, seul.

Oui, vous avez raison, M. de Laroche, et nous formons en effet à nous deux un contraste bien étrange; oui, il fut un temps où je pensais, où je parlais comme vous... et malgré moi, en vous écoutant, je viens de me laisser prendre à je ne sais quel sentiment de regrets et de honte; j'ai jeté un regard en arrière; et j'aurais voulu, je voudrais encore chasser bien loin de moi tous mes souvenirs pour me refaire une nouvelle existence tranquille, heureuse, exempte de crimes, et de remords. Il est trop tard! trop tard! Pourquoi, il y a un an, lorsque l'amour de Flora suffisait à mon bonheur, pourquoi le hasard a-t-il jeté sur mon passage, dans la forêt du Vauclain, ce nègre fugitif, ce François qui était là tout à l'heure et que son maître allait mettre en pièces sous mes yeux? Je pris sa défense, moi; j'osai dire une parole en sa faveur; ma main voulut arrêter celle du jeune créole qui allait tuer son esclave, et le créole me déchira la figure avec sa cravache en m'appelant chien de mulâtre!.. Le lendemain, le cadavre du jeune homme à la cravache fut renvoyé par moi à la plantation des Ramiers; de loin, je voulus assister à ce terrible spectacle, et pour la première fois, je vis Mlle de Beaumont; dès-lors, c'en était fait de ma destinée; dès-lors, j'étais en proie à ces deux sentimens extrêmes, ces deux passions ardentes, effrénées, qui ne finiront qu'avec ma vie: ma haine pour les blancs et mon amour pour Julie!

SCÈNE V.

DOMINIQUE, FRANÇOIS.

FRANÇOIS.

Me voilà, maître.

DOMINIQUE, assis.

Malheureux! tu as pensé te perdre!

FRANÇOIS.

J'ai eu tort de laisser éclater ma colère; mais je ne sais pas feindre, moi; je ne sais qu'agir... aussi tu es le maître et je ne suis que l'esclave.

DOMINIQUE.

Vois si personne ne nous écoute.

FRANÇOIS, après avoir regardé.

Personne.

DOMINIQUE.

Quelles nouvelles des mornes?

FRANÇOIS.

Les nègres marrons, furtivement organisés, n'attendent plus que le signal de la révolte.

DOMINIQUE.

Combien sont-ils?

FRANÇOIS.

Quatre cents.

DOMINIQUE.

Armés?

FRANÇOIS.

A peu près.

DOMINIQUE.

Et des plantations?

FRANÇOIS.

Nous continuons à faire des recrues.

DOMINIQUE.

Fidèles?

FRANÇOIS.

J'en réponds.

DOMINIQUE.

Tes garanties?

FRANÇOIS.

Leur malheur d'abord; et ensuite un serment devant l'image de Notre-Dame-du-Morne-aux-Loups, si vénérée des nègres.

DOMINIQUE.

Et même des blancs : c'est le seul sentiment qui leur soit commun.

FRANÇOIS.

J'espère qu'elle nous donnera la préférence.

DOMINIQUE, se levant.

A la grace de Dieu!

FRANÇOIS.

Maître?

DOMINIQUE.

Eh bien?

FRANÇOIS.

N'as-tu rien de plus à me dire?

DOMINIQUE.

Non.

FRANÇOIS.

Quelle parole d'espoir donnerai-je à nos malheureux frères?

DOMINIQUE.

Qu'ils attendent.

FRANÇOIS.

Oserais-je te dire la vérité?

DOMINIQUE.

Dis.

FRANÇOIS.

On murmure.

DOMINIQUE.

Contre les blancs... Belle nouvelle!

FRANÇOIS.

Contre les blancs et contre toi.

DOMINIQUE.

Ne suis-je pas maître de choisir le lieu, le jour favorable?

FRANÇOIS.

On craint ta faiblesse?

DOMINIQUE.

En ai-je donné une preuve, quand j'ai tué le fils de M. de Beaumont?

FRANÇOIS.

Tu vengeais une injure personnelle... Il t'avait donné un coup de cravache...

DOMINIQUE.

Tais-toi! Cette horrible injure, comment l'ai-je reçue? En défendant ta vie.

FRANÇOIS.

Oh! je ne dis rien, moi... je répète.

DOMINIQUE.

Achève donc.

FRANÇOIS.

Eh bien! tu ménages, dit-on, M. le Comte, à cause de sa fille.

DOMINIQUE.

Sa fille!

FRANÇOIS.

Moi, j'ai juré que tu ne l'aimais pas.

DOMINIQUE.

Tu as bien fait de jurer.

FRANÇOIS.

Et cependant, je doute à présent... quand je vois cette pauvre Flora...

DOMINIQUE.

Eh bien! Flora?.. qu'as-tu à me dire? Ne me suis-je pas réconcilié avec elle?

FRANÇOIS.

Oui, mais...

DOMINIQUE.

Tiens! la voici... Laisse-nous ensemble. A demain! tu m'attendras avec les nôtres.

FRANÇOIS.

Où donc?

DOMINIQUE.

A la grotte du Morne-aux-Loups.

(Sortie de François à droite, entrée de Flora à gauche.)

SCÈNE VI.

DOMINIQUE, FLORA.

DOMINIQUE.

Pourquoi si triste, ma Flora? Qu'as-tu donc? Je croyais que mon repentir t'avait touchée; tu m'avais dit : Je te pardonne!

FLORA.

Et mon cœur ne dément pas mes paroles... Mais c'est aujourd'hui un douloureux anniversaire.

DOMINIQUE.

Lequel?

FLORA.

Il y a cinq ans, à pareil jour, Dieu m'avait donné une fille!

DOMINIQUE.

Toujours ta fille!

FLORA.

Toujours! toujours!.. Ah! me l'avoir ravie, c'est là un crime que, malgré mon amour, je n'oublierai jamais. Je sais ce que tu vas me dire : que la contagion pouvait m'atteindre, que je serais morte avec elle! Mais, est-ce que ce n'était pas mon devoir?.. Ah! tu ne peux comprendre ce que j'ai souffert, lorsque je rentrai dans notre cabane avec les secours que j'avais été chercher, et que, m'approchant de son berceau, je le trouvai vide! Qu'est-ce que la fièvre et la peste, auprès de la torture que j'ai éprouvée en ce moment?.. Je ne sais comment je n'ai pas perdu la raison, la vie!..

DOMINIQUE.

Mais ta fille était mourante... Il fallait...

FLORA.

Il fallait la laisser à sa mère, et je l'aurais sauvée, je le sens là... Oh! oui, j'aurais trouvé en moi assez d'énergie, et ma tendresse aurait été ingénieuse, toute puissante pour rappeler mon enfant à la vie. Il fallait, Dominique, ne pas l'abandonner à la pitié des autres, tant qu'il nous restait à vous et à moi une goutte de sang dans les veines; il fallait enfin après sa mort, que vous vinssiez, vous, son père, la pleurer avec moi, prendre la moitié de ma douleur... Et vous avez fui loin de moi! et pendant six mois, six mois entiers, vous m'avez laissée incertaine, désespérée, ignorant jusqu'à la destinée de ma fille... Ah! je vous ai pardonné, Dominique; mais vous le voyez bien, il est impossible que j'oublie!

DOMINIQUE.

Flora, si tu m'aimais pourtant... Oh! je triompherais même de tes souvenirs?

FLORA.

Je ne t'aime pas! eh! sans toi, quel intérêt aurai-je encore dans la vie? Et, si je ne t'aimais pas, dis-moi, est-ce que j'aurais fait grace à ton ingratitude, ton abandon?

DOMINIQUE.

Autrefois, quand mes regards cherchaient les tiens, tu ne détournais pas les yeux... quand ma main prenait la tienne, tu ne la retirais pas... tiens, comme tu fais en ce moment même!

FLORA.

O Dominique, ne prends pas mes scrupules pour de l'indifférence... Le soleil d'Amérique qui a brûlé ton sang, n'a pas épargné le mien. Je t'aime autant qu'autrefois, et si tu me trompais encore, j'en mourrais, vois-tu? Mais en ton absence, le malheur m'a appris la religion; nous resterons étrangers l'un pour l'autre, tant que notre amour n'aura pas été béni par le prêtre.

DOMINIQUE.

Tu sais ce qui retarde notre union. Tant que Mlle de Beaumont ne sera pas mariée, tu ne peux te marier toi-même, ou bien il faudrait quitter son service. Son père le veut ainsi; mais si tu l'exiges, nous le quitterons.

FLORA.

Et où irions-nous? Avons-nous un asile?

DOMINIQUE.

Tu as raison... nous sommes enchaînés ici.

FLORA.

Te plains-tu de M. de Beaumont?

DOMINIQUE.

Je n'ai à m'en louer, ni à m'en plaindre.

FLORA.

Pour moi, je reçois chaque jour quelque nouvelle marque des bontés de sa fille : je suis la dernière venue parmi ses femmes, et c'est à moi cependant qu'elle témoigne le plus de confiance.

DOMINIQUE.

Alors, tu sais ce qui a fait encore ajourner son mariage avec M. de Laroche?

FLORA.

Je la vois à ce sujet pleine de doutes et d'incertitudes; un jour elle donne son consentement, le lendemain elle le retire.

DOMINIQUE.

De la jalousie, peut-être?

FLORA.

La jalousie suppose de l'amour.

DOMINIQUE.

Et elle n'en éprouve pas pour son futur?

FLORA.

Je crois que non.

DOMINIQUE.

Ah! ma chère Flora!

FLORA.

Est-ce ainsi que tu reçois cette nouvelle? Notre mariage dépend de celui de Mlle de Beaumont; l'oublies-tu?

DOMINIQUE.

Je n'oublie pas que je lui ai sauvé la vie, et je désire la voir heureuse. M. de Laroche n'est pas digne d'elle; jamais, jamais il ne sera son mari.

FLORA.

Non, jamais... je le crains.

DOMINIQUE, à part.

Et moi, je l'espère.

SCÈNE VII.

LES MÊMES, LE COMTE, JULIE, HENRI DE LAROCHE, MAURICE, des mulâtresses.

LE COMTE, sortant, avec les autres personnages, du pavillon de gauche.

Je compte sur vous, Maurice. Que tous nos amis soient prévenus à l'instant même. Vous, Dominique, faites suspendre les travaux; c'est aujourd'hui fête à la Case-Pilote. Je signe ce soir le contrat de mariage de ma fille.

DOMINIQUE, à part.

Ce soir!

HENRI.

Ah! tous les instans de ma vie seront consacrés à mériter votre amour. Mais que de bonheurs dans la même journée!.. Vous ne savez pas... mon trouble m'a empêché de vous dire... C'est aujourd'hui que je reverrai mon frère.

JULIE.

Aujourd'hui?

HENRI.

Cette lettre que j'ai reçue hier, et que nous avons lue ensemble, nous annonçait le terme prochain de l'expédition, et, tout à l'heure, on a signalé sur la côte un navire au pavillon de de France... C'est celui qui ramène mon frère, je n'en doute pas; et il nous apporte la nouvelle d'une victoire!

DOMINIQUE, s'approchant de Julie, pendant que le Comte et Henri se parlent bas.

Sera-t-il permis au plus humble et au plus fidèle de vos serviteurs de vous offrir ses félicitations...

JULIE.

Je les reçois, Dominique, et je vous remercie. Je connais votre dévoûment pour ma personne; il est bien naturel qu'après m'avoir conservé la vie, vous teniez à me savoir heureuse : n'ayez pas d'inquiétude; je le serai.

DOMINIQUE, à part.

Elle sera heureuse! Flora m'a-t-elle trompé?

LE COMTE, à Henri.

Vous voulez parler des présens que vous destinez à ma fille... C'est bien... Julie met toutes ses mulâtresses à votre disposition.

JULIE.

Excepté Flora, que je prie de rester avec moi.

HENRI.

A bientôt, chère Julie. (Aux esclaves.) Suivez-moi.

LE COMTE.

J'ai à vous parler, Dominique; sachons si l'expédition de la Véra-Cruz est en effet terminée.

(Le Comte, Maurice et Dominique, s'éloignent par le fond. Henri entre, avec les mulâtresses, dans le pavillon de droite.)

SCÈNE VIII.

JULIE, FLORA.

JULIE.

Ah! ma chère Flora, nous sommes seules enfin! cette contrainte m'étouffait. Auprès de toi, je puis pleurer à mon aise. Notre amitié est formée depuis bien peu de temps; mais nous sommes déjà sûres l'une de l'autre, et je sais que tu ne trahiras pas le sujet de mes larmes!

FLORA.

Chaque instant augmente ma surprise. Quoi! vous n'avez pas consenti librement à épouser M. de Laroche?

JULIE.

Flora; c'est à un devoir que j'obéis, à un devoir d'autant plus impérieux, que celui pour lequel je l'accomplis ne m'a rien voulu commander. Tu sais que mon père n'est pas né dans la Martinique : il a passé ses premières années dans sa patrie... et comment oublier une patrie qui s'appelle la France? Des revers de fortune l'obligèrent à venir habiter les colonies; mais le désir de revoir la terre natale ne l'a pas quitté un seul jour. Ce désir s'est accru avec l'âge, qui n'affaiblit quelques passions que pour fortifier les autres... Enfin, l'impossibilité de le satisfaire est la cause de la langueur secrète qui le mine depuis deux ans!

FLORA.

Quoi, mademoiselle, vous saviez cela, et vous n'êtes pas partie avec lui?

JULIE.

Je ne suis instruite que d'aujourd'hui, Flora. Mon père me cachait ses chagrins, et j'attribuais sa tristesse au souvenir encore récent de la mort de mon malheureux frère. C'est ce matin seulement que le hasard m'a éclairée. J'étais entrée de bonne heure dans le petit salon qui précède son cabinet de travail, et n'en est séparé que par une cloison légère. Je me mis à la fenêtre : le spectacle de cette belle nature, plus belle encore aux premières heures du jour, le bruit de la mer, un souvenir que je ne puis chasser absorbèrent peu à peu toutes mes pensées, et me jetèrent dans une profonde rêverie. J'en fus tirée par la voix de mon père, qui s'entretenait avec M. Deville, son médecin. « Oui, disait-il, ce mariage est encore remis; je vois trop que ma fille n'y consentira jamais. Qu'elle ignore toujours le chagrin que son refus me cause.» Tu juges si ce mot me cloua à ma place, et si je redoublai d'attention... M. Deville lui recommanda de se distraire, de se créer des occupations, des plaisirs. — Il n'en est plus pour moi, répondit-il; apprenez enfin le nom de la maladie qui me tue : c'est le mal du pays! Oui, je brûle de revoir la France! mais, vous le savez, toute ma fortune consiste dans mes propriétés de la Martinique, et je ne puis les abandonner, tant que ma fille ne sera pas mariée : ce serait consommer sa ruine!.. Mon noble père! il se sacrifiait pour moi, et je ne me serais pas sacrifiée pour lui! Je n'ai pas hésité un seul moment, et, dès qu'il est sorti, je suis allée le rejoindre, et lui dire : Ce soir, M. de Laroche sera mon mari!

FLORA.

Ma chère et bonne maîtresse! Dieu récompensera votre dévouement, j'en suis sûre. Vous avez apprécié M. de Laroche, c'est un loyal jeune homme, et vous finirez par l'aimer.

JULIE.

Ah! plût à Dieu! que j'eusse cet espoir! je serais bien moins malheureuse!

FLORA.

Ainsi, vous croyez que ses soins, son amour...

JULIE.

Seront toujours inutiles.

FLORA.

Ah! que je vous plains, Mademoiselle! car j'ai maintenant le secret de vos incertitudes, et de vos larmes. C'est un autre que vous aimez.

JULIE.

Un autre! que dis-tu? (Coups de canon.)

SCÈNE IX.

LES MÊMES, MAURICE, Plusieurs Colons.

MAURICE, traversant le théâtre avec les autres personnages pendant que le bruit du canon continue.

C'est le canon de la frégate qu'on a signalée il y a quelques heures... entendez-vous... celui de Fort-Royal lui répond. Venez avec moi rejoindre M. le Comte, puis nous irons tous ensemble au-devant de M. le capitaine de Laroche.

(Ils sortent; le bruit du canon cesse.)

JULIE.

M. Georges! je vais donc le revoir! et dans quel jour! mon Dieu! donnez-moi la force...

FLORA.

Qu'il me tarde d'avoir des nouvelles de vos compatriotes... de M. Georges... et surtout du brave Michel-Lambert, l'ami généreux à qui je dois le bonheur de ma vie puisqu'il m'a placée auprès de vous... Mais j'aperçois dans cette allée un homme qui vient à grands pas... O ciel! me trompé-je?.. non, c'est lui! c'est Michel...

JULIE.

D'où vient qu'il est seul ?

SCÈNE X.

JULIE, FLORA, MICHEL-LAMBERT.

FLORA.

Michel ! mon ami !

MICHEL.

Pardon, excuse, la compagnie... mais le cœur est plus fort que le respect... Viens, ma petite Flora, viens... (Il l'embrasse.) Hé bien, qu'est-ce que c'est que ces larmes-là ? est-ce qu'on pleure quand on est heureuse ? et j'espère que tu l'es ?

FLORA.

Oh ! oui ! puisque je vous revois.

MICHEL.

Comment donc, est-ce qu'en mon absence ?.. mais nous parlerons de cela plus tard... Mademoiselle...

JULIE.

Expliquez-nous, mon cher Lambert, comment il se fait que vous reveniez sitôt et que vous reveniez seul.

MICHEL.

Comment ? vous ne savez pas... enfoncés les Mexicains ! le fort de Saint-Jean d'Ulloa est pris. J'en ai déjà répandu la nouvelle au Fort-Royal ; et de toutes parts, le bulletin glorieux était accueilli par des cris mille fois répétés de vive la France ! Après avoir bien crié, ils ont voulu se rafraîchir le gosier, c'était bien naturel ! mais j'ai refusé de me joindre à leur bande, j'étais trop pressé d'arriver.

JULIE.

Cela ne m'explique pas pourquoi vous êtes seul.

MICHEL.

Seul... pas tout-à-fait, mais à peu près ; tout l'équipage de l'Iphigénie n'aura pas débarqué avant une heure ; et moi, j'ai demandé la permission de sauter dans la première barque avec l'officier qui venait apporter les dépêches de l'amiral au gouverneur.

FLORA.

Et cet officier, c'est sans doute le capitaine de Laroche ?

MICHEL,

Non Flora ; non, ce n'est pas lui !

FLORA.

De quel air vous me dites cela ?

MICHEL.

Ah ! ma pauvre Flora... l'affaire a été chaude... c'est-à dire tant que l'amiral Baudin nous a tenus sur les vaisseaux, tranquillement occupés au bombardement du fort et de la ville, ça n'a pas été grand chose... un tapage assez genti, je l'avoue... enfin on s'y faisait !.. Mais les Mexicains qui aiment la grosse musique ne paraissaient pas encore décidés à se rendre... et pour lors, on a fait débarquer les équipages, et la grande danse a commencé !.. soldats et matelots, troupes de terre et troupes de mer, nous avons marché tous ensemble... nous sommes entrés dans la citadelle... et l'instant d'après, les canons Mexicains tombés au pouvoir de nos braves artilleurs, annonçaient au Nouveau-Monde que la France est toujours à la tête de l'ancien... vive la France !

JULIE.

Vous nous disiez que l'affaire a été sanglante... revenons à cela, je vous prie... avez vous perdu... quelqu'un de vos amis !

MICHEL.

Pardon, Mademoiselle... j'oubliais... mon enthousiasme... hélas oui, j'en ai perdu un, et des plus précieux encore... maudite balle ! que n'a-t-elle dérivé de quelques lignes !.. c'est moi qu'elle aurait frappé !

JULIE.

Vous vous battiez l'un à côté de l'autre...

MICHEL.

Oui, Mademoiselle... et nous n'étions pas au dernier rang, je vous le promets... il y allait d'un cœur... il y allait trop !

JULIE.

Ah ! son nom ! par grâce, son nom ?..

MICHEL.

Et ne voyez-vous pas l'embarras que j'éprouve à le dire ?.. ma douleur ne vous fait-elle pas deviner ?

JULIE, tombant sur un siége.

Georges !

FLORA.

Ma chère maîtresse !..

JULIE.

Georges ! il est mort !

MICHEL.

Hélas, plus bas, Mademoiselle. Ne m'a-t-on pas dit au Fort-Royal que son frère était ici ? songez aux ménagemens qu'il faut employer pour lui apprendre cette terrible nouvelle ! pauvres jeunes gens ! ils s'aimaient tant !

JULIE.

Hé, crois-tu donc que cette nouvelle me soit plus indifférente qu'à lui-même ! il l'aimait, dis-tu ? et moi, malheureuse, est-ce que je ne l'aimais pas aussi ?..

MICHEL.

Vous l'aimiez ? ah ! si j'avais su... si j'avais pu lui dire... ça l'aurait peut-être empêché de s'exposer sans but et sans motif comme il l'a fait pendant toute la bataille... Ah ! dame... c'était tout simple ; il voulait mourir.

FLORA.

Mourir !

JULIE.

Que dis-tu ?

MICHEL.

Oui, Mademoiselle... quand je lui disais : M. Georges, ce n'est pas ici votre place... la vie d'un officier est plus précieuse que celle d'un pauvre diable de matelot... saperlotte, capitaine, ôtez-vous de là, que je m'y mette... Ah bien oui ! savez-vous ce qu'il me répondait, Mademoiselle... Va, laisse-moi, camarade ; ce n'est pas la gloire que je cherche, c'est la mort.

LES DEUX FEMMES.

La mort !

MICHEL.

Eh ! pourquoi tiendrai-je à vivre ? elle ne m'aime pas... elle en aime un autre ! et cet autre, c'est mon frère !.. Ah ! mon pauvre capitaine... si j'avais su la vérité, si j'avais pu lui crier... c'est vous! c'est vous qui êtes aimé... j'en suis sûr... il m'aurait laissé prendre sa place, et c'est moi, qui aurais été assez heureux pour recevoir cette maudite balle dans la poitrine... Ah! c'est fini, Michel, tu n'as pas de bonheur, mon garçon!

JULIE.

Georges! Il m'aimait et il est mort en pensant à moi, sans doute; en m'accusant d'indifférence.

FLORA.

Ah! mademoiselle, mademoiselle... Et vous, mon ami, silence, au nom du Ciel, et que je sois le seul témoin de votre douleur... Songez-y donc, Michel, ce frère, auquel M. Georges s'est sacrifié... il est là. (Elle montre le pavillon.) Et, bien loin de prévoir cet horrible événement... il est heureux... Ce matin, mademoiselle Julie, se dévouant à son père, a consenti enfin à ce mariage... Irez-vous lui dire: Georges n'est plus? Et moi aussi, je m'éloigne de vous; et cette parole que vous lui avez donnée, la retirerez-vous au moment même où il va apprendre la mort de son frère?

JULIE.

Ce soir, je serai la femme de M. de Laroche.

MICHEL.

Ah! c'est bien, ça, mademoiselle... c'est même très bien! Tenez... j'en ai les larmes aux yeux... Il n'y a pas, à bord de *l'Iphigénie*, un matelot qui ferait ce que vous venez de faire.

SCÈNE XI.

LES MÊMES, LE COMTE, MAURICE.

LE COMTE.

C'est vous, Lambert, je vous cherchais. Je viens d'apprendre de la bouche de M. de Belval, l'officier que vous avez accompagné à terre, la triste nouvelle que vous avez déjà annoncée ici, je le vois. Pauvre capitaine! Nous tiendrons ce malheur secret pendant quelques jours, et nous ne le révélerons à celui qu'il touche le plus qu'après la célébration de votre mariage. M. de Belval m'a déjà promis le plus profond silence, et je vous le recommande à tous.

MICHEL.

Comptez sur moi, monsieur le Comte.

(Des mulâtresses sortent du pavillon de droite.)

MAURICE.

On apporte, à mademoiselle de Beaumont, les présens de M. de Laroche.

LE COMTE.

Dans l'appartement de ma fille. Nous allons vous y rejoindre.

JULIE.

Suis-moi, Flora; moi aussi, j'ai un présent à faire à mon fiancé. Qui m'eût dit que ce jour devrait m'être deux fois funeste?..

MICHEL LAMBERT.

J'ai vu des noces qui commencaient plus gaîment. (Ils entrent à gauche.)

SCÈNE XII.

DOMINIQUE, seul.

(Il s'avance du fond du théâtre où il avait paru depuis quelques instans.)

Je n'ai rien entendu de leurs paroles... mais je vois bien que ce fatal mariage est définitivement conclu... Est-il aimé? non; il y a dans le consentement de Julie un mystère que je ne puis comprendre... elle ne se donne évidemment qu'avec répugnance, et j'ai tout à-la-fois son malheur et le mien à prévenir!.. aurai-je ce courage ou cette lâcheté? Si je fuyais à jamais de cette demeure?.. Où irais-je? trop de liens m'attachent à la race dont je suis sorti... j'ai promis de les aider à devenir libres... j'ai accepté le titre de leur chef... que deviendront-ils si je les abandonne?.. Une trahison de tous les côtés... j'aime mieux trahir mes ennemis que mes frères!.. Allons, le sort en est jeté, mon excuse est dans la malédiction qui me poursuit depuis ma naissance, dans le sang qui brûle mes veines, dans le malheureux amour que cette femme blanche m'a inspiré... elle n'y répondra jamais, je le sais bien... mais ni à moi, ni à un autre: je l'ai juré!

SCÈNE XIII.

DOMINIQUE, FLORA, redescendant du pavillon de gauche.

FLORA.

C'est toi, Dominique?

DOMINIQUE.

Je t'attendais; j'avais quelques questions à te faire.

FLORA.

Sur quel sujet?

DOMINIQUE.

Sur le mariage de ta maîtresse: tu t'étais trompée, elle aime M. de Laroche.

FLORA.

Elle l'épouse; mais elle ne l'aime pas.

DOMINIQUE.

C'est donc son malheur qu'elle va signer.

FLORA.

Non; depuis un moment, j'espère qu'elle peut être heureuse.

DOMINIQUE.

Que veux-tu dire?

FLORA.

Je n'ai pas le temps de m'expliquer.

DOMINIQUE.

Où vas-tu donc?

FLORA.

Porter à M. de Laroche le présent de fiançailles de Mademoiselle.

DOMINIQUE.

Montre-moi cela, Flora.

FLORA.

A quoi bon?

DOMINIQUE, ouvrant l'écrin.

Une bague enrichie de diamans... ces pierres ont un éclat...

FLORA.

Donne donc... le temps me presse...

DOMINIQUE.

Que nos maîtres sont heureux de pouvoir se faire de si beaux présens... moi, misérable que je suis, je n'ai pas de richesses à offrir à ma Flora... Oh ! mais, je t'aimerai tant que tu n'envieras la destinée de personne... Tiens, va porter cet écrin à M. de Laroche... il ne s'attend pas au présent que sa future lui envoie...

(En disant ces mots, Dominique a tiré de sa poche un couteau avec lequel il semble faire une entaille dans la bague; puis il rend l'écrin à Flora, qui n'a pas vu ce mouvement, occupée qu'elle était à regarder d'autres bijoux.)

FLORA.

A tout à l'heure.

(Elle entre dans le pavillon de M. de Laroche. Dominique s'en va d'un autre côté. Au même instant, on entend une musique vive et joyeuse; des colons, des nègres, des mulâtres des deux sexes, arrivent par toutes les issues. Le Comte et sa fille sortent de leur maison pour les recevoir.)

SCÈNE XIV.

LE COMTE, JULIE, MAURICE, MICHEL, COLONS ET ESCLAVES, etc.

LE COMTE, à ses invités.

Oui, Messieurs, nous saurons surmonter nos douleurs de famille pour ne songer qu'au bonheur public. Cette fête, qui devait être consacrée à notre joie personnelle ; servira à célébrer la nouvelle victoire de la France... Vous ici, Lambert? prenez garde... si M. de Laroche vous voit, il vous demandera des nouvelles de son frère. Êtes-vous en état de le tromper?

MICHEL.

Dame ! ça n'est pas mon fort, et je crois que cette observation est juste. Je m'en vais pour éviter l'interrogatoire.

LE COMTE.

Un mot! l'Iphigénie ramène-t-elle les restes du capitaine?..

MICHEL.

Hélas ! je n'ai pu les réclamer. C'est le lendemain de l'assaut, avant même que nous eussions pu songer à nos blessés, et rendre les derniers devoirs à nos compatriotes morts dans l'action, que l'Iphigénie à remis à la voile pour la Martinique. Pauvre M. Georges! je l'avais vu au plus fort de la mêlée tomber à deux pas de moi, et le lendemain !.. le lendemain, je ne l'ai pas revu. Sans doute, il aura été jeté à la mer avec tant d'autres victimes... c'est la sépulture des marins et des braves... excusez, cette phrase-là n'est pas de moi... je l'ai apprise à bord de l'Iphigénie !

LE COMTE.

Le pavillon s'ouvre... c'est son frère sans doute ; allez, Lambert, allez...

LAMBERT.

M. le Comte, c'est Flora.

SCÈNE XV.

LES MÊMES, FLORA ; puis HENRI.

FLORA, paraissant sur les degrés du pavillon de droite.

Ah ! du secours! du secours! (Elle descend vivement, et tout le monde se range autour d'elle.) M. Henri de Laroche... là ! tout à l'heure...

TOUS.

Eh bien?

FLORA.

Eh bien, en me parlant de son bonheur, et surtout du prochain retour de son frère, tout-à-coup, il a pâli, chancelé, on aurait dit qu'une horrible souffrance... Ah! tenez, tenez, le voilà !.. du secours, mon Dieu! du secours!

(Henri, pâle et marchant avec peine, paraît sur le seuil du pavillon. Tout le monde se porte à sa rencontre et le soutient jusqu'au bas des degrés.)

HENRI.

Non, tous vos soins seraient désormais inutiles... je le sens là... c'est la mort!.. oui, une mort prompte et terrible ; le poison sans doute...
(Mouvement de consternation.)

TOUS.

Le poison!

HENRI.

Mon frère! mon pauvre Georges!.. je ne serai plus là pour l'embrasser à son retour... Julie... chère Julie... adieu! adieu!

(Il expire en pressant la bague contre ses lèvres.)

TOUS.

Mort!

LE COMTE.

Eh bien! Messieurs, n'obtiendrons-nous pas enfin justice de ces infâmes qui semblent aujourd'hui ligués contre ma famille et qui le seront demain contre les vôtres ? vengeance pour mon fils! pour mon gendre, vengeance! Ah! comment récompenser jamais celui qui me livrera l'assassin de l'un et l'empoisonneur de l'autre?

MICHEL.

M. le Comte, je ne veux pas de récompense; mais, foi de Michel-Lambert, je jure de vous les livrer.

FIN DU DEUXIÈME ACTE.

ACTE III.

Un coin de forêt très sombre. A droite, une grotte taillée dans le roc et surmontée d'une petite image de la Vierge, grossièrement sculptée.

SCÈNE I.

FRANÇOIS, NÈGRES.

FRANÇOIS, au chef d'une troupe qui arrive.
D'où venez-vous?

PREMIER NÈGRE.
Des Roches-Carrées.

FRANÇOIS.
Quelle est la reine des Antilles?

PREMIER NÈGRE.
Haïti.

FRANÇOIS.
Sur qui comptons-nous pour notre délivrance?

PREMIER NÈGRE, allant saluer la Madone.
Sur Notre-Dame du Morne-aux-Loups.

FRANÇOIS, au chef d'une autre troupe.
D'où venez-vous?

DEUXIÈME NÈGRE.
Du Vauclain.

FRANÇOIS.
Quel est le premier des blancs?

DEUXIÈME NÈGRE.
Napoléon.

FRANÇOIS.
Et des noirs?

DEUXIÈME NÈGRE.
Toussaint-L'Ouverture.

FRANÇOIS.
Sur qui comptons-nous pour notre délivrance?

DEUXIÈME NÈGRE.
Sur Notre-Dame du Morne-aux-Loups.

(Chaque nouvel arrivant vient s'agenouiller devant la statue de la Vierge. Sur un signe de François, des nègres se placent en sentinelles sur toutes les élévations, sur les rochers, au-dessus de la grotte, etc.)

FRANÇOIS.
Dominique se fait bien attendre.

PREMIER NÈGRE.
Dans des circonstances pareilles, la négligence est une trahison.

FRANÇOIS.
Qui ose penser que Dominique nous trahisse? Vous accusez celui que vous avez choisi pour chef? Des preuves.

DEUXIÈME NÈGRE.
Il refuse de nous abandonner les plantations de M. de Beaumont, qui vient de le nommer intendant-général de toutes ses propriétés.

UN AUTRE NÈGRE.
Enfin, on dit qu'il aime Mlle Julie.

FRANÇOIS.
Ça l'a-t-il empêché de tuer son frère?

LE PREMIER NÈGRE.
Amis, de toutes les accusations qui pèsent sur lui, son absence est la plus grave. S'il ne nous trahissait pas, il serait déjà parmi nous. Il a vendu notre secret aux blancs. Nous laisserons-nous égorger sans vengeance? Aux voix, la mort de Dominique!

FRANÇOIS.
Je demande qu'on lui accorde jusqu'à demain pour se justifier.

LE PREMIER NÈGRE.
Non, point de délai. Aux voix, aux voix!

LA MAJORITÉ DES NÈGRES.
Mort à Dominique!

SCÈNE II.

LES MÊMES, DOMINIQUE.

DOMINIQUE.
Me voilà. Que me voulez-vous?

(Tous reculent, et se taisent à son approche.)

FRANÇOIS.
Je savais bien qu'il arriverait, qu'il serait fidèle à son serment.

DOMINIQUE.
Qui de vous m'accusait de l'avoir trahi?.. Je parie que c'est toi, Ruben; n'est-ce pas, messieurs, c'est lui? Tu m'envies donc beaucoup le titre de chef? Tu veux commander à ma place, Ruben? Très bien; mais, pour hériter de ma succession, il faut qu'elle soit vacante. Que celui qui croit que je suis un traître prenne son couteau et frappe.

FRANÇOIS.
Dominique, aucun de nous ne t'a sérieusement soupçonné! ton retard nous a causé quelque inquiétude : voilà tout.

DOMINIQUE, à François en le prenant par la main, et en l'isolant un peu avec lui des autres personnages.
C'est que, vois-tu, François, on a bien de la peine à tromper les yeux et le cœur d'une femme jalouse. Je ne sais qui diable a mis en tête des soupçons à Flora... mais, depuis un certain temps, elle s'inquiète de ma froideur, de mes absences continuelles. Et, ce matin, elle s'attachait à mes pas; elle prétendait me suivre partout... j'ai eu toutes les peines du monde à me séparer d'elle.

FRANÇOIS.
Tu es sûr qu'elle ne t'a pas suivi?

DOMINIQUE.
Oui, bien sûr... et me voilà tout à vous, mes camarades.

FRANÇOIS.
Et tu as décidé sans doute quel jour l'insurrection commencerait? Vois, nous sommes en nombre, et tous déterminés.

DOMINIQUE.
Je n'ai rien décidé.

FRANÇOIS.

Encore des délais !

DOMINIQUE.

Et ce que vous avez de mieux à faire, c'est de rentrer dans vos habitations et dans vos cachettes. Le jour des vengeances n'est pas arrivé. (Mouvement de mécontentement parmi les nègres.) Eh bien, qu'avez-vous? Est-ce au chef de commander au soldat, ou au soldat de commander au chef?

FRANÇOIS.

Dis-nous au moins les motifs de ton irrésolution; tu sais quelles sont nos souffrances.

DOMINIQUE.

Oui, je sais que tous tant que vous voilà ici, vous êtes impatiens de secouer vos chaînes; mais les blancs se tiennent sur leurs gardes; ce n'est pas le moment de les frapper, ayons l'air de nous rendormir de notre sommeil d'esclaves; ils ne demandent qu'à être nos dupes; ils ne tarderont pas à se rassurer. Alors, ils laisseront partir pour la France les deux vaisseaux qu'ils retiennent dans leur port, et dont l'équipage leur fournirait d'excellens auxiliaires... Cette raison-là fait quelqu'impression sur vous, n'est-ce pas? Vous connaissez Michel-Lambert? ils sont tous de cette trempe-là. Voyez si vous voulez vous y frotter... Allons, décidez-vous, je ne contraint pas vos volontés... Messieurs les Esclaves, vous êtes libres.

FRANÇOIS.

Mais si nous laissons passer ainsi toutes les journées, qu'arrivera-t-il? C'est que nous n'aurons plus le temps de nous venger. Tu ne sais pas, Dominique, la vieille Marianne leur a dit que les orages si fréquens et si longs qui depuis quelque temps dévastent l'île, annonçaient la prochaine fin du monde.

PLUSIEURS VOIX.

C'est vrai, elle nous l'a dit.

DOMINIQUE.

Ah! Marianne prédit la fin du monde? L'avez-vous au moins remerciée de sa prédiction, la vieille sorcière! La fin du monde! j'y consens; elle tuerait vos maîtres et briserait vos chaînes. Qu'est-ce que vous pouvez désirer de mieux? (Un nègre placé en sentinelle sur la hauteur:) Alerte! alerte! le Gouverneur!

DOMINIQUE.

Le Gouverneur! retirez-vous... laissez-moi!

(Ils s'esquivent de tous les côtés, sur les collines le long des rochers.)

SCÈNE III.

DOMINIQUE, FRANÇOIS.

FRANÇOIS.

Tu viens de les décourager; mais emploie ton influence sur eux pour exalter leur esprit, comme tu l'as employée pour l'abattre, et tu verras!

DOMINIQUE.

Qu'est-ce que je verrai... Je ne crois pas aux métamorphoses.

FRANÇOIS.

Prends garde! le plus grand nombre t'obéit et croit que tu es dévoué à notre cause. On cède surtout à cette idée, que toi seul dans l'île est digne de nous commander et capable de mener à bout notre entreprise. Mais il suffit d'un ennemi pour te perdre... Je ne te quitterai plus, Dominique, je veillerai sur toi.

DOMINIQUE, à part.

C'est un espion qu'ils me donnent, fort bien. (Haut.) Je te remercie de l'intérêt que tu me portes. Mais quels dangers redoutes-tu pour moi?

FRANÇOIS.

Depuis un an, il y a eu bien des personnes empoisonnées à la Martinique, et M. de Laroche lui-même...

DOMINIQUE.

Propos de médecin ignorant qui n'a pas su reconnaître la maladie.

FRANÇOIS.

Je ne t'en souhaite pas une pareille.

DOMINIQUE.

En tous cas, il ne serait pas facile de me la donner, et je t'en défierais, toi. On vient, je ne m'étais pas trompé; le Gouverneur avec son escorte.

FRANÇOIS.

Le matelot Michel-Lambert l'accompagne. Il avait juré de trouver l'empoisonneur et depuis un mois, il n'a pas encore tenu son serment.

SCÈNE IV.

DOMINIQUE, FRANÇOIS, LE GOUVERNEUR, MICHEL-LAMBERT, UN AIDE-DE-CAMP, DES SOLDATS.

MICHEL.

Par ici, M. le Gouverneur, par ici; voilà un plateau où vous pourrez vous reposer.

LE GOUVERNEUR.

Je ne suis pas fatigué, mon cher Lambert.

MICHEL.

Et pourtant la chaleur est accablante.

LE GOUVERNEUR.

Pourquoi en souffrirais-je plus que vous? Vous êtes mon aîné d'une dixaine d'années.

MICHEL.

Ce qui me soutient, c'est la lecture que je viens de faire dans ce journal!.. Pardieu je ne me trompe pas, c'est M. Dominique, l'intendant de M. de Beaumont... (A part.) La peau jaune que j'ai prise en grippe... je ne sais pas pourquoi.

DOMINIQUE.

M. le Gouverneur...

LE GOUVERNEUR.

Bonjour, Monsieur.

MICHEL.

Que diable, faites-vous ici?

DOMINIQUE.

M. de Beaumont est sorti de bonne heure, suivi de quelques esclaves... j'ai craint qu'il ne se fût dirigé de ce côté de la montagne...

LE GOUVERNEUR.

Vous avez craint?..

DOMINIQUE.

Oui, Monsieur; ce lieu a souvent servi de retraite aux nègres marrons.

LE GOUVERNEUR.

En effet.

DOMINIQUE.

Et, sur les prières de sa fille, je suis allé à sa rencontre avec François, l'un de ses esclaves les plus fidèles.

LE GOUVERNEUR.

M. de Beaumont a fait une imprudence en se hasardant sur les mornes avec une faible suite, et vous, en allant au-devant de lui, vous avez fait acte de bon serviteur ; mais ce n'est pas la première fois que nous avons occasion de faire votre éloge. Je vois que vous n'avez pas rencontré M. de Beaumont.

DOMINIQUE.

Pas encore... François, fais un second appel. (François souffle dans une cornemuse qui pend à son côté.) S'il est sur la montagne, il nous a entendus ; il va venir, va donc, François, cherche.

(François sort, le Gouverneur s'assied.)

MICHEL.

C'est le même motif qui nous guide. Il n'en faut point douter, M. le Gouverneur ; c'est de ce côté qu'est le repaire des nègres marrons, et c'est de leur repaire que sortent les empoisonnemens et les incendies qui ont épouvanté la Martinique.

LE GOUVERNEUR.

Nous ferons peut-être quelqu'heureuse capture.

MICHEL.

Qu'il me tarde de rencontrer M. de Beaumont! En avons-nous une bonne nouvelle à lui apprendre! bienheureux article, va! (Il embrasse le journal qu'il tient à la main.) Hum! vive le Moniteur!

LE GOUVERNEUR.

Ce n'est cependant qu'un faible espoir.

MICHEL.

C'est une certitude, M. le Gouverneur, je le sens là ; oui, je le sens à la joie que j'éprouve, aux battemens de mon cœur... qui me dis que je peux me livrer à l'espérance... Non, saperlotte! je ne serais pas heureux comme ça, si je me trompais... Quand vous m'avez montré cette liste, la liste officielle des braves tués devant Saint-Jean d'Ulloa, et que vous m'avez dit : le nom du capitaine Georges de Laroche n'y est pas... je n'ai pas hésité... je vous ai répondu tout de suite : il est vivant! il est sauvé!

DOMINIQUE, à part.

Qu'entends-je?

LE GOUVERNEUR.

Son nom peut avoir été oublié sur cette liste.

MICHEL.

Excusez! est-ce que le Moniteur se trompe? Jamais!

DOMINIQUE.

Pardon, M. Lambert; mais votre conversation avec M. le Gouverneur ne paraissant pas secrète...

MICHEL.

Du secret? c'est imprimé à 20,000 exemplaires...

DOMINIQUE.

Pardon ; je prends comme vous un vif intérêt à l'existence de M. de Laroche...

MICHEL.

Tenez, en haut de la page! première colonne, partie officielle... La liste des morts est là... dans le rapport de l'amiral Baudin... pas plus de capitaine Georges que là-dessus... (Il montre sa main.) Tandis qu'au paragraphe de ceux qui se sont bien battus, il y est en toutes lettres : et un des premiers... voyez-vous? M. Georges de Laroche, capitaine au premier régiment d'artillerie de marine... et plus bas, un autre nom que la modestie du matelot français m'empêche de vous dire... Michel-Lambert... contre-maître à bord de l'Iphigénie... rien que ça, Hein! c'est flatteur... d'être imprimé tout vif aux frais du gouvernement.

LE GOUVERNEUR.

Mon brave Lambert, je désire bien que votre espoir se réalise. En ce moment, plus que jamais, nous aurions besoin des conseils et du courage de M. Georges. La situation de l'île est critique. Tout nous poursuit. Là-haut, les ouragans ; ici, la révolte.

MICHEL.

Il est certain que le capitaine ne sera pas de trop. Hélas, le jour de son arrivée sera un beau jour pour moi ; mais quelle triste nouvelle à lui donner! que lui répondre, quand il me demandera : Lambert, où est mon frère?.. Il faudra lui répondre que le poison... que des infâmes... Oh! mais sa présence donnera une nouvelle activité à nos recherches. Guidés et conseillés par lui, nous sommes sûrs de les trouver... et puis, je sais le secret d'adoucir un peu le coup que je lui porterai.

LE GOUVERNEUR.

Comment?

MICHEL.

Si M. Georges est ruiné, s'il a perdu son frère, il est aimé d'une personne qui ne lui est pas indifférente, je vous le promets!

LE GOUVERNEUR.

La fille de M. de Beaumont?

MICHEL.

Un peu!

LE GOUVERNEUR.

Et comment épousait-elle son frère?

MICHEL.

Par dévoûment, par sacrifice... C'est tout une histoire... Mais qu'est-ce que j'ai dit là? moi qui avais promis le secret... Oh! maudite langue!.. M. le Gouverneur, je compte sur votre discrétion... et quant à vous, M. Dominique, ça vous intéresse trop peu...

DOMINIQUE.

Pour que je parle ; vous avez raison. D'ailleurs, il n'y a rien de bien sûr dans tout ceci. Et l'existence du capitaine me paraît aussi peu prouvée que l'amour de Mlle Julie.

MICHEL.

Savez-vous que vous me donnez un démenti, mon vieux, et qu'on n'entend pas de cette oreille-là à bord de l'Iphigénie? Ah ça! parce que M. de Beaumont vous témoigne de la confiance, et vous a créé son intendant-général, il ne faut pas vous figurer, mon bonhomme...

DOMINIQUE.

Hein?

LE GOUVERNEUR, se levant.

Messieurs! vous oubliez tous deux que je suis là. Nous allons continuer notre marche. Restez ici, M. Dominique, et si vous rencontrez avant moi M. de Beaumont, dites-lui que j'irai ce soir conférer avec lui, de quelques mesures à prendre pour la tranquillité de la colonie.

MICHEL.

Et s'il n'a pas lu le Moniteur, je lui montrerai la première colonne, ça lui fera plaisir... Saperlotte! V'là un article qui va me faire aimer les gazettes!

(Sortie du Gouverneur, de sa suite et de Michel.)

SCÈNE V.

DOMINIQUE, seul.

Que M. Georges ait survécu à ses blessures... cela se peut. Mais qu'il soit aimé... Oh! s'il était vrai pourtant, s'il était vrai!.. que je me repentirais alors d'avoir encore ajourné tout à l'heure ces projets d'insurrection! Combien de temps perdrai-je dans cette attente stérile sans profit pour ma passion, sans que j'avance d'un pas vers le but où j'aspire? Si ces misérables finissaient par comprendre le motif de mes irrésolutions éternelles? Le motif, osé-je bien me l'avouer à moi-même? un espoir insensé, qui ne se réalisera pas, que je repousse sans cesse, et qui sans cesse revient s'emparer de mon âme, et m'arrête à l'instant de donner le signal de la révolte. Julie, m'appartenir!.. Julie, ma femme! Oh! je le sais d'avance, que je laisse entrevoir cette pensée, le Comte rougira de l'amitié qu'il me témoigne, et la confiance fera place au mépris et à la haine... Eh bien! que risqué-je? sa colère... Osons l'affronter... et, s'il me refuse, s'il me chasse... et il le fera sans doute... alors, oh! alors plus d'hésitation, plus de retard, plus de pitié; je déchaîne contre lui et les siens tous ces nègres qui m'obéissent; et nous verrons ce que Julie choisira, de mon amour ou de la vie de son père!.. Des pas de ce côté. C'est lui!

SCÈNE VI.

DOMINIQUE, M. DE BEAUMONT, FRANÇOIS, DEUX ESCLAVES.

M. DE BEAUMONT.

C'est vous, Dominique, M. le Gouverneur, que je viens de rencontrer, me félicitait d'avoir un serviteur si fidèle... Je lui ai répondu que je savais l'apprécier.

DOMINIQUE.

Redescendons-nous à la Case-Pilote?

M. DE BEAUMONT.

Non; ce plateau n'est-il pas celui de la Vierge du Morne-aux-Loups? Je m'arrêterai ici quelques instans. (Aux esclaves.) Qu'on ne s'éloigne pas. Restez avec moi, Dominique.

SCÈNE VII.

LE COMTE, DOMINIQUE.

LE COMTE.

Non, je ne veux pas retourner encore à la plantation... Lambert, qui accompagnait le Gouverneur, m'a dit qu'il avait une bonne nouvelle à m'apprendre... il allait s'expliquer; mais le Gouverneur lui a fermé la bouche, en le priant d'attendre que la nouvelle ait acquis un peu plus de réalité... L'heure les pressait, et je les reverrai ce soir. Savez-vous de quoi Lambert voulait parler? Serait-il sur les traces du coupable?

DOMINIQUE.

Je ne le pense pas.

M. DE BEAUMONT.

Alors, que m'importe! Le Gouverneur avait l'air soucieux, et je prévois sur quel sujet roulera notre entretien : sur la prochaine révolte des esclaves. Qu'en pensez-vous, mon ami? vous faites cause commune avec nous, je le sais.

DOMINIQUE.

J'ai des craintes...

M. DE BEAUMONT.

Fondées sur des soupçons, ou sur quelque chose de plus réel?

DOMINIQUE.

Sur quelque chose de trop réel. Mais le Gouverneur est sur ses gardes. Les troupes, dont il dispose, sont aguerries, n'est-il pas vrai, M. le Comte?

M. DE BEAUMONT.

Ses troupes? Si l'insurrection est générale, elles seront accablées sous la supériorité du nombre; que peut un homme contre cinquante? D'ailleurs, apprenez un secret que le Gouverneur cache avec le plus grand soin. Il a fait consigner nos soldats dans les casernes et sur les vaisseaux, en apparence pour être à même de les réunir en un moment, mais en réalité pour cacher à la population les ravages que la fièvre jaune a faits parmi eux.

DOMINIQUE.

O ciel! est-il possible?

M. DE BEAUMONT.

Oui, nous sommes à la merci de nos esclaves, si ce soir, si demain, ils osaient nous attaquer! Quelles mesures pourrait-on prendre pour les calmer?

DOMINIQUE.

Monsieur le Comte, les nègres sans les mulâtres ne seraient qu'une armée sans officiers.

M. DE BEAUMONT.

Nous en avons affranchi un si grand nombre!

DOMINIQUE.

C'est justement pour cela. Vous leur avez donné l'égalité en droit, ils veulent l'avoir en fait.

M. DE BEAUMONT.

Que voulez-vous dire?

DOMINIQUE.

Que riches et pauvres, savans et ignorans, civilisés et sauvages, vous les méprisez tous! La loi les reconnaît pour vos concitoyens; vous les traitez comme des parias. Je fais une exception pour vous, monsieur le Comte; vous me comblez de bontés. Vous m'avez admis à votre table; mais que de murmures parmi vos amis! En est-il un seul qui serait tenté d'imiter votre exemple? Si un homme de couleur, après avoir fait toutes ses études en Europe, osait revenir aux colonies pour y exercer la profession d'avocat ou de médecin, trouverait-il un client dans la population blanche ? Il faut donc que, si nous voulons suivre la carrière où notre vocation nous a jetés, nous étouffions dans notre cœur l'amour de la patrie, nous nous condamnions à vivre exilés dans quelque pays de l'Europe, où la couleur de notre visage ne soit pas un signe de réprobation, en sorte que vous n'avez à la Martinique, que des cœurs ulcérés, des ambitions déçues. Ah ! la situation des peuples conquis est moins cruelle que la nôtre. Tôt ou tard, le vainqueur et le vaincu s'unissent par les liens de la famille. Alors, les haines s'oublient, la concorde renaît. Le premier des blancs qui donnerait sa fille à un homme de couleur, celui-là aurait posé les fondemens d'une alliance durable entre les deux races, celui-là aurait bien mérité de sa patrie, celui-là serait un grand citoyen !

(Ici, Flora paraît à la première coulisse de droite. Elle aperçoit Dominique, et entre dans la grotte.)

LE COMTE.

Dominique !

DOMINIQUE.

Vous me demandez mon avis, je vous le donne.

LE COMTE.

Sans arrière-pensée ?

DOMINIQUE.

Le sens de mes paroles est-il incertain ? voyez si c'est la justice et la raison qui les ont dictées.

LE COMTE.

C'est bien. Sans m'expliquer sur la valeur des moyens que vous proposez, je voudrais qu'il y eût à la Martinique un homme capable d'un si grand sacrifice. Ce ne sera jamais moi, je vous l'assure, jamais ! L'unique héritière des comtes de Beaumont, la nièce de la marquise de Verneuil, irait plutôt la rejoindre dans l'hôpital qu'elle dirige que d'épouser un homme qui ne fût pas de sa condition et surtout de sa race. Nos dangers sont grands, je le sais ; mais avec l'aide de Dieu nous viendrons à bout de les conjurer... Il nous reste encore des amis fidèles, et je n'ai pas cessé de vous compter parmi les nôtres.

(Les esclaves sont rentrés. Le Comte s'éloigne avec eux. Dominique le reconduit et cause bas un instant avec lui au fond du théâtre. Flora sort de la grotte.)

SCÈNE VIII.

FLORA, puis DOMINIQUE et FRANÇOIS.

FLORA, à elle-même.

J'étais trop éloignée... je n'ai pu entendre que des phrases inachevées, sans suite... suis-je arrivée trop tôt ou trop tard ? Oh ! je n'ai pu résister à l'inquiétude qui me dévorait... Une autre ! s'il venait ici pour une autre ! il ne s'éloigne pas avec M. de Beaumont ; il revient.

(Elle rentre dans la grotte.)

DOMINIQUE.

Jamais ! elle n'épousera jamais qu'un homme de sa condition et de sa race... je le forcerai à changer de langage. (Entre François.) C'est encore toi ? commences-tu déjà ton métier d'espion ?.. prends garde.

FRANÇOIS.

J'apporte d'importantes nouvelles. Les conjurés de Saint-Pierre, du Prêcheur et de la Basse-Pointe refusent de se soumettre à de nouveaux délais. Un des leurs vient de nous annoncer qu'ils étaient décidés à commencer cette nuit l'insurrection sur les terres de MM. Damerval et de Lalande !

DOMINIQUE.

Bien, bien, mes braves nègres ; plus d'irrésolutions, plus de délais. Ils commencent cette nuit, nous commencerons dans trois jours. Voilà deux louis d'or pour ta nouvelle... Et veux-tu qu'à mon tour je t'en donne une autre ? c'est que les équipages de l'Iphigénie et de la Minerve sont ravagés par les maladies, décimés par la fièvre jeune... Nous en aurons bon marché, sois tranquille.

FRANÇOIS.

Est-il possible ?

DOMINIQUE.

Retourne vers ceux qui t'envoient... rassure-les, encourage-les... moi, je cours prévenir mes amis du Fort-Royal. C'est des plantations que je dirige que partira le signal de la révolte.

FLORA, s'avançant.

Le signal de la révolte !

DOMINIQUE et FRANÇOIS.

Flora !

FLORA.

Ah ! que viens-je d'apprendre ?

DOMINIQUE.

Vous m'avez suivi... vous nous écoutiez, malheureuse !

FLORA.

Vous !.. ah ! tu me fais peur.

DOMINIQUE.

Peur ! pourquoi ? qu'avez-vous appris ? que croyez-vous ? que soupçonnez-vous ? voyons, parlez, parlez vite !

FLORA.

Qui je soupçonnais ? toi. Pardonne... ces fréquentes rêveries... ces interminables absences... tu refusais de m'en dire le motif, j'ai cru que j'avais une rivale. Oh ! j'ai souffert ! aussi ce matin, quand tu es venu me dire adieu d'un air plus préoccupé que jamais, je me suis résolue à te suivre. Pardon, encore une fois... maintenant ton secret m'est connu.

DOMINIQUE.

Mon secret !

FLORA.

Tu m'aimes encore, Dieu soit loué ! ma jalousie n'avait pas de motif. Mais que ma joie est mêlée de terreur ! tu es le chef d'une révolte !

DOMINIQUE.

Eh bien, oui, et c'est dans trois jours qu'elle éclate ! dans trois jours, Flora, tu seras l'égale, que dis-je ! tu seras à ton tour la maîtresse de ces orgueilleuses femmes d'Europe dont tu es aujourd'hui l'esclave ! dans trois jours, tu commanderas dans leurs palais, tu te pareras de leurs diamans, tu leur diras de te servir à genoux, tu seras reine, tu seras belle. Mieux que cela, Flora, dans trois jours, tu seras ma femme. Voilà tous mes secrets ; es-tu capable de les trahir.

FLORA.

Te trahir ! moi, Dominique. Ah ! quand tu as

dit ce mot-là, tu n'y as pas songé! mais je te suis dévouée, je t'aime; quoique tu fasses et quoiqu'il arrive, je ne peux pas oublier que tu étais le père de mon enfant!

DOMINIQUE.

Tu n'oublieras non plus que notre sort est dans tes mains et qu'un mot imprudent peut coûter la vie à des centaines d'hommes, et à celui qui sera bientôt ton époux.

FLORA.

Et je jure de sacrifier ma vie plutôt que de révéler un secret qui peut te perdre: mais je t'en conjure, laisse-moi te supplier maintenant pour M. de Beaumont et sa fille. Quoi! ils nous ont donné le pain et l'asile, et tu leur rendrais, qui sait? la ruine, la mort, le déshonneur! tu as l'intention de les sauver, je le sais bien, Dominique; mais le pourras-tu? tes esclaves une fois déchaînés, crois-tu qu'ils sauront encore t'obéir? Ah! ciel!.. songes-y donc! cette jeune fille si compatissante!.. ce vieillard, qui tout à l'heure encore, t'entretenait avec tant de bonté!.. tu parles de trahison! en est-il une plus affreuse que celle que tu médites? et puis, votre révolte est insensée; les blancs auront le dessus; c'est à la mort que tu cours! Grâce pour eux! grâce pour toi! ne donne pas le signal, ne donne pas le signal!

DOMINIQUE.

Tu es arrivée trop tard... Maintenant, le feu est à la traînée, il faut que la poudrière saute! Je trouverai peut-être la mort en me battant contre les blancs; mais ma perte serait encore plus sûre si j'abandonnais mes frères. C'est à eux que je me dois avant tout. J'ai plus pitié de mes amis que de mes ennemis... et toi, Flora, toi qui es de cette race asservie et malheureuse! et cent fois et mille fois malheureuse! ce n'est pas toi qui peux me condamner! Viens, viens, François.

(Il sort d'un côté, François de l'autre.)

SCÈNE IX.

FLORA, seule.

Dominique!.. il fuit... impossible de le retenir!.. oh! mes forces sont épuisées!.. Retournons à la Case-Pilote, et sans livrer le secret de Dominique, décidons M. de Beaumont et sa fille à partir aujourd'hui même pour Fort-Royal... mais dans l'état de faiblesse où je suis, anéantie, brisée, comment me traîner jusqu'à la maison?

SCÈNE X.

FLORA, MICHEL-LAMBERT, QUATRE SOLDATS.

MICHEL, rangeant ses soldats.

Toi, camarade, place-toi là, derrière ce buisson. Vous deux, à l'entrée de ce chemin. Toi, sous cet arbre... tâchez de ne pas être vus; vous avez affaire à des drôles bien habiles. (Redescendant la scène.) Ah! c'est auprès de la statue de la Vierge qu'ils viennent former leurs complots de révolte et de massacre... Eh bien! qu'ils s'y frottent!... je vais me poster au pied de la statue, le pistolet au poing, tout prêt à bien recevoir le premier... Oh! saperlotte! une femme! Flora!

FLORA.

Michel-Lambert! c'est le ciel qui vous envoie!

MICHEL.

Comment vous trouvez-vous ici, dans des momens pareils? vous ne savez donc pas que cette place est particulièrement dangereuse, et que... Mais comme vous êtes pâle! qu'avez-vous donc?

FLORA.

Ce n'est qu'un peu de fatigue.

MICHEL.

Qui vous forçait à gravir cette montagne... qu'y cherchiez-vous?

FLORA.

Ah! j'ai bien fait d'y venir.

MICHEL.

Expliquez-vous?

FLORA.

Plus tard... qu'il vous suffise maintenant de savoir que j'accomplissais un vœu fait à la Vierge Noire, et...

MICHEL.

Vous ne savez pas mieux mentir que moi, mon enfant... et toi qui l'interroge, tu es un sot, Lambert, mon ami. Tout à l'heure sur ce plateau, tu as rencontré Dominique... tu sais donc parfaitement ce qui amenait ici cette jeunesse.

FLORA.

O ciel! vous savez que M. Dominique?..

MICHEL.

Est votre perfide. Vous ne me l'avez jamais dit, c'est vrai; mais croyez-vous qu'il ait fallu être bien malin pour le deviner... Ah ça! mais vous avez pleuré, il ne vous a pas joué quelque nouveau tour, je suppose?

FLORA.

Oh! non, mon ami, non! il m'aime plus que jamais, j'en suis sûre.

MICHEL.

Tant mieux, puisque ça vous fait plaisir.

FLORA.

Et maintenant, je compte sur votre bras pour m'aider à redescendre à la Case-Pilote.

MICHEL.

Tout de suite?

FLORA.

A l'instant.

MICHEL.

Désespéré; mais le gouverneur m'a envoyé ici avec des camarades qui sont tous à leur poste autour de nous. Il faut qu'il vienne me relever de ma consigne; dès que je serai libre, je serai à vos ordres.

FLORA.

Quel contre-temps! Je partirai seule.

MICHEL.

N'en faites rien; en ce moment-ci la montagne n'est pas sûre. Vous ne savez donc pas? notre tournée n'a pas été inutile; nous venons de mettre la main sur un des repaires des nègres marrons.

FLORA.

O ciel! vous en avez pris...

MICHEL.

Deux seulement... chasse médiocre... le reste était déniché; mais ces deux-là nous ont mis sur la trace d'une découverte bien importante.

FLORA.

Laquelle ? est-ce que, s'ils accusaient quelqu'un, vous ajouteriez foi à leurs paroles ?

MICHEL.

Jusqu'à un certain point; mais quand ils fournissent des preuves...

FLORA.

Des preuves... du complot ?

MICHEL.

De quel complot ?

FLORA.

C'est vous qui m'en parlez ; je ne sais rien, moi, je ne sais rien !

MICHEL.

Je parle de l'empoisonnement de M. de Laroche.

FLORA.

Jusqu'à présent, on n'a aucun soupçon sur le coupable.

MICHEL.

Dans un quart d'heure, on aura mieux que des soupçons.

FLORA.

Comment ?

MICHEL.

Comme je vous le disais, Flora, nous venons de découvrir une cachette de nègres marrons. C'est une caverne dont l'entrée était habilement masquée par des broussailles... enfin, c'est moi qui l'ai trouvée, et ça n'est pas le fait d'un maladroit, j'en réponds. Il n'y avait dans cette caverne que deux nègres... le gouverneur donne ordre de la visiter, et jugez de notre surprise, quand au milieu d'un tas de niaiseries, nous trouvons un petit coffret plein de bijoux volés, parmi lesquels je reconnais une bague en diamant que j'avais vue au doigt de M. Henri de Laroche, et avec laquelle il a été enseveli...

FLORA.

Vous êtes sûr que c'était la même !

MICHEL.

Vous allez voir. Je montre ma découverte au gouverneur qui demande aux deux esclaves comment cette bague est tombée dans leurs mains. Ils se taisent. Je réponds pour eux : mon amiral, ces drôles auront violé, la nuit, la tombe de M. de Laroche, pour arracher au cadavre les bijoux qu'on lui avait laissés, suivant l'usage du pays. En Angleterre, ces hyènes-là s'appellent des Résurectionnistes! Leur silence confirme mon opinion : on allait les emmener, quand l'un d'eux se jette aux pieds du gouverneur et dit que si on lui promet sa grâce, il mettra sur la trace des empoisonneurs de M. de Laroche !..

FLORA.

Comment ?

MICHEL.

Le gouverneur promet, et alors, le nègre raconte que cette bague qu'il avait effectivement prise au cadavre de M. Henri, avait été subtilement empoisonné au moyen d'une légère entaille faite avec un couteau frotté du poison le plus terrible... quelque chose d'infernal, Flora ! l'entaille fait au doigt une petite écorchure... et dès que le poison se trouve en contact avec le sang, et se répand de veine en veine, il ne tarde pas à gagner le cœur... Jugez de sa violence ! pour avoir mis cette bague à son doigt pendant une heure, et quinze jours après la mort de M. de Laroche, ce misérable nègre avait failli en mourir !

FLORA.

Et l'examen de la bague...

MICHEL.

A pleinement confirmé son rapport. L'entaille est grande comme cela, je l'ai vue. Maintenant l'enquête sera facile à faire. Il ne s'agit que de savoir quel est l'esclave, homme ou femme, qui a porté le présent de Mlle Julie à son fiancé... celui-là est sûrement le coupable.

FLORA, à elle-même.

Oui, sûrement. Oh ! mon Dieu ! Dominique, c'est lui ! c'est lui !

MICHEL.

Que dites-vous ?

FLORA.

Rien... je vous demande ce qui vous a empêchés de vous rendre sur-le-champ à la Case-Pilote.

MICHEL.

C'est que les nègres sont si adroits ! l'entrée solennelle du gouverneur chez, M. de Beaumont, aurait suffi pour donner l'éveil au coupable, et peut-être, aurait-il eu le temps de fuir... l'amiral a mieux aimé lui envoyer un exprès ; et quant à moi, je suis venu sur ce plateau parce que nos deux esclaves étant en veine de révélation nous ont avoué... mais vous, Flora, vous devez-être renseignée sur cette affaire-là mieux que personne. Le jour de ses fiançailles, vous n'avez presque pas quitté Mlle Julie : à quel esclave a-t-elle remis l'écrin destiné à M. Delaroche ? le savez-vous ?..

FLORA, à part.

O ciel ! que lui répondre ?

MICHEL.

Parlez.

(Ici rentrent le gouverneur, des soldats, des nègres, Maurice, puis Dominique.)

SCÈNE XI.

LES MÊMES, LE GOUVERNEUR, MAURICE, puis DOMINIQUE.

LE GOUVERNEUR.

Qu'on s'empare de cette jeune fille.

MICHEL.

Comment ? et pourquoi ?

LE GOUVERNEUR.

Sous la prévention d'être auteur ou complice de l'empoisonnement de M. de Laroche.

MICHEL.

C'est impossible... vous ne savez pas, M. le gouverneur... je la connais, je réponds d'elle. Parle, ma fille. Ce n'est pas toi que Mlle Julie avait chargée de remettre la bague à son fiancé ?..

FLORA, à part.

Dominique, j'ai juré de te sacrifier ma vie.

DOMINIQUE.

Eh bien ?

FLORA.

Eh bien... c'est moi... et je suis seule coupable.

DOMINIQUE, qui est entré sur ces dernières paroles.

Flora ! grand Dieu !

FLORA.

Je me tairai, Dominique ; mais à une condition.

DOMINIQUE.

Laquelle ?

FLORA.

Je te la dirai cette nuit dans ma prison.

(On arrête Flora ; la toile tombe.)

FIN DU TROISIÈME ACTE.

ACTE IV.

Un salon, chez M. de Beaumont.

SCÈNE I.

LE COMTE, LE GOUVERNEUR.

LE COMTE.

Si matin chez moi, M. l'Amiral ! Sur un mot de vous, je me serais empressé de me rendre à votre hôtel.

LE GOUVERNEUR.

Je n'y suis pas rentré depuis quelques heures. Vers le milieu de la nuit, les gardes-côtes étaient venus signaler un navire en détresse à un mille environ de Fort-Royal. A l'instant, j'ai fait rassembler nos matelots et nos soldats de marine, et je me suis mis à leur tête.

LE COMTE.

Eh bien ?

LE GOUVERNEUR.

Leur zèle, leur courage n'ont pas été inutiles. Le bâtiment échoué est le brick l'Alexandre, qui depuis quinze jours, bientôt, ballotté sur l'Océan à la suite d'une horrible tempête, sans boussole, sans agrès, et sans munition, est venu enfin se briser sur nos rescifs... grâce au ciel, nous avons pu arracher à la mort une partie de l'équipage. Ma présence était nécessaire pour encourager tous ces braves gens et diriger les manœuvres... voilà pourquoi je n'ai pu assister à l'interrogatoire que cette fille de couleur, Flora, vient de subir dans sa prison.

LE COMTE.

J'y étais, moi... n'a-t-il pas fallu qu'elle fût confrontée d'abord avec ceux chez qui le crime a été commis, et qui ont été frappés presqu'aussi cruellement que la victime?

LE GOUVERNEUR.

Et que dit-elle pour sa défense ?

LE COMTE.

Rien... elle se laisse accuser, ou plutôt elle s'accuse toujours elle-même. Il y a presque du délire dans ses paroles, dans ses regards. Quand on lui demande quels ont été les motifs d'un si odieux attentat, elle refuse de répondre... et puis, elle pleure, elle prie, elle demande à mourir. Ma fille croit encore qu'elle n'est pas coupable ; Michel-Lambert, qui l'a introduite chez moi, et dont vous connaissez la loyauté, persiste à vouloir la défendre ; et moi, M. l'Amiral, moi, je ne sais encore ce que je dois penser de cette femme, et s'il me faut éprouver pour elle de l'horreur ou de la pitié.

LE GOUVERNEUR.

Et le juge d'instruction va l'interroger de nouveau ?

LE COMTE.

Ici même... il a donné l'ordre qu'on la fît sortir de sa prison pour la ramener à la Case-Pilote ; il veut visiter avec elle le pavillon qui fut habité par M. de Laroche. Il espère, en présence de tous ces objets, qui lui rappelleront le souvenir de ce jeune homme, surprendre quelque nouvel indice dans l'émotion de Flora, et peut-être enfin lui arracher le nom de ses complices. Pour moi, je doute qu'il y parvienne : il y a chez elle une résolution que rien, je crois, ne saura vaincre ; et vous-même, quand elle va paraître devant vous...

SCÈNE II.

LES MÊMES, JULIE.

JULIE.

Mon père, dans un instant, vos intentions seront remplies ; je reviens de Fort-Royal, et j'amène avec moi... pardon, M. le gouverneur, je ne savais pas...

LE GOUVERNEUR, saluant.

Mademoiselle...

LE COMTE.

Je ne dois pas vous laisser ignorer ce que ma fille allait me dire : c'est une tentative qu'elle veut faire, et à laquelle je n'ai pas cru devoir m'opposer, bien que je ne partage pas ses espérances. Vous devinez qu'il s'agit encore de Flora.

JULIE.

Oui, de Flora... qui se justifiera sans doute : car il y a dans tout ce qui arrive, Monsieur, un étrange mystère que nous parviendrons à dévoiler : je crois que ce bon Michel en a trouvé le moyen.

LE GOUVERNEUR.

Comment ?

JULIE.

Regardez... c'est elle que ses gardes nous ramènent pour attendre ici l'arrivée des magistrats, d'après les ordres qu'il a donnés.

LE COMTE.

Veuillez nous suivre, M. l'Amiral, et je vais tout vous dire.

(Ils rentrent à gauche. — Flora parait dans la galerie extérieure, conduite par des gardes, qui demeurent au font pendant les deux ou trois scènes suivantes.)

SCÈNE III.

FLORA, seule.

Pourquoi me ramener ici? et comment espère-t-on me forcer à rompre le silence? moi, qui ai pu résister aux reproches de M. de Beaumont et aux prières de sa fille, moi, de qui Michel lui-même n'a pu rien obtenir! mais, lui, lui, Dominique! que fait-il en ce moment? je l'attendais toujours, et je ne l'ai pas vu dans ma prison... pourtant, il faut que je lui parle... il le faut!.. on vient!.. est-ce lui?.. non, non, pas encore!

SCÈNE IV.

FLORA, JULIE, amenant avec elle Mme DE VERNEUIL.

JULIE, montrant Flora.

Tenez, la voici.

FLORA.

Quelle est cette dame?

JULIE.

Rappelez-vous bien ce que vous nous avez promis... Je vous laisse avec elle, ma tante.

(Elle sort.)

SCÈNE V.

FLORA, Mme DE VERNEUIL.

FLORA.

Sa tante!.. Mme la marquise de Verneuil... Mais dans quel but venez-vous à moi, Madame? et qui a pu vous inspirer cette pensée?

Mme DE VERNEUIL.

Des personnes qui refusent de vous croire quand vous vous accusez de l'action la plus affreuse... Écoutez-moi, Flora; ce matin, de malheureux naufragés, des Français, ont été secourus par des matelots du Fort-Royal... Michel-Lambert était du nombre de ceux qui ont exposé leur vie, pour sauver celle de leurs compatriotes... et c'est lui qui s'est chargé de faire transporter les blessés à l'hôpital que je dirige. C'est lui aussi qui le premier alors m'a parlé de vous; il m'en a parlé en pleurant, Flora.

FLORA, à part.

En pleurant! pauvre Michel, il ne m'oublie pas, lui!

Mme DE VERNEUIL.

Il comprend bien maintenant qu'il n'obtiendra de vous aucun aveu, puisque vous aussi, vous avez vu ses larmes, et sans changer de langage.

FLORA, à part.

Il est vrai.

Mme DE VERNEUIL.

Une seule espérance lui reste, c'est qu'après avoir été sourde à la voix de l'amitié, vous céderez à celle de la religion...

FLORA.

Il y a contre moi des preuves que je ne puis récuser, Madame. N'est-ce pas moi qui ai porté ce funeste écrin à M. Henri de Laroche? Et M. de Beaumont et sa fille, et Michel, lui-même, quelque disposés qu'ils soient à me défendre, et tous ceux qui étaient là réunis pour la signature du contrat, sont forcés de déclarer aussi qu'ils m'ont vue sortir du pavillon quelques minutes avant la mort de ce malheureux jeune homme.

Mme DE VERNEUIL.

Vous le plaignez! et vous l'avez tué, dites-vous!.. ou du moins, vous ne démentez pas ceux qui le disent?

FLORA.

Je ne puis; je ne cherche pas à me justifier, et je ne demande qu'à mourir!..

Mme DE VERNEUIL.

Mourir! Dieu défend le suicide, Flora.

FLORA.

Dieu ordonne que le crime soit expié, et, je l'espère, ma vie lui paraîtra une expiation suffisante pour celui qui a été commis.

Mme DE VERNEUIL.

Mais qui vous l'a fait commettre? Flora! Flora! est-ce l'amour qui a pu à ce point égarer votre raison et pervertir votre âme?

FLORA.

L'amour!.. (Ici, Dominique paraît au fond du théâtre, et dit quelques mots à l'officier des gardes. Flora l'aperçoit et continue en le regardant.) Eh bien!.. eh bien, oui, Madame, c'est un amour coupable, qui me fait horreur et que je n'ai pu vaincre; c'est cette passion insensée qui me conduit à la mort.

Mme DE VERNEUIL.

Vous aimiez en secret M. Henri de Laroche, et la jalousie...

FLORA, à part.

Que dit-elle?..

SCÈNE VI.

LES MÊMES, DOMINIQUE.

DOMINIQUE, après avoir descendu la scène, et saluant profondément.

Pardon, Mme la Marquise, le magistrat vient d'arriver; il est là, auprès de M. le Gouverneur, et dans un instant, Flora, vous serez appelée pour reparaître devant lui. (Bas en se rapprochant d'elle.) Je te sauverai, Flora.

(Il s'éloigne.)

SCÈNE VII.

FLORA, Mme DE VERNEUIL.

FLORA, à part, en le suivant des yeux.

Me sauver! au prix d'un nouveau crime, sans doute!.. je ne le veux pas! je ne le veux pas!.. (Haut, en marchant vers le fond pour se remettre entre les mains des gardes.) Adieu, Madame.

Mme DE VERNEUIL, la retenant.

Mais, du moins, ne puis-je vous êtes utile dans ce moment suprême?.. n'avez-vous pas un ami, un parent que vous désiriez revoir, embrasser avant de rentrer dans votre prison?

FLORA.

Je ferai mes adieux à Michel, et puis, je tomberai aux genoux de M. de Beaumont et de Mlle Julie... ce sont les seuls...

Mme DE VERNEUIL.

Vous n'avez donc pas de famille?

FLORA.

Non, Madame.

Mme DE VERNEUIL.

Votre mère?..

FLORA.

Elle est morte en me donnant le jour. Plus tard, le ciel m'avait donné, pour me rattacher à la vie... Oh! mais je l'ai perdue, ma pauvre fille, perdue, lorsque déjà elle commençait à me connaître, à m'aimer... le fléau impitoyable est venu me la ravir!

Mme DE VERNEUIL, écoutant avec une plus grande attention.

Que dites-vous?

FLORA, avec une sorte d'égarement.

Ou plutôt, c'est lui, lui, qui me l'a enlevée lorsque je pouvais la sauver encore, peut-être, et qu'il l'a abandonnée, faible et tuée par la fièvre, sur le seuil de l'hospice.

Mme DE VERNEUIL.

Ah!.. parlez, parlez, Flora... Cette fille, que vous regrettez, elle aurait aujourd'hui...

FLORA.

Cinq ans, à peu près, Madame... Mais à quoi bon?..

Mme DE VERNEUIL, à part.

Cinq ans! (Haut.) Et c'est à la maison de charité de Saint-Pierre?..

FLORA.

Oui, c'est là qu'elle fut portée dans la nuit... Oh! je me la rappelle bien cette funeste époque: elle n'est pas un instant sortie de ma mémoire... Dans la nuit du vingt-deux mars, nuit terrible qui fut si féconde en victimes... et ma pauvre enfant a été du nombre!.. On me l'a dit après m'avoir laissée six mois sans m'apprendre sa destinée...

Mme DE VERNEUIL, à part.

Ah! mon Dieu! mon Dieu! serait-il possible?

FLORA.

Mais, qu'avez-vous, madame la marquise, comme vous paraissez émue en m'écoutant!

Mme DE VERNEUIL.

Oui, bien émue, en effet.

FLORA.

C'est que, peut-être... Oh! oui, je m'en souviens à présent... Avant de se rendre au Fort-Royal, celle qu'on appelle la bonne religieuse était déjà admirée, bénie dans toute la ville de Saint-Pierre... Peut-être, alors, avez-vous vu mon enfant... (Très vite, et avec un abandon qui tient toujours un peu de la folie.) Tenez, tenez, madame, écoutez bien... Elle était blonde... Oh! de belles tresses dorées qu'il me semble que je vois et que j'embrasse encore... et puis... des yeux bleus qui déjà... Une mère est si folle!.. Oui, déjà je croyais trouver dans ses yeux un langage d'amour et de tendresse... et puis... et puis enfin... Oh! écoutez, écoutez, madame... Une petite croix que le prêtre avait bénie en m'assurant que, par elle, mon enfant serait préservée de tout péril... une croix que j'avais eu tant de plaisir à lui faire avec quelques grains de corail... Dites, dites, l'avez-vous vue, l'avez-vous vue, madame?..

Mme DE VERNEUIL, à part.

Oh! j'en suis sûre à présent... c'est elle! c'est bien elle!

FLORA.

Mais que je suis insensée, mon Dieu! est-ce que vous auriez remarqué tout cela, vous! Occupée de tant de souffrances confondues ensemble autour de vous, est-ce que vous pouviez arrêter un instant vos regards sur ma fille, ma fille qu'on apportait mourante et sans espoir de salut... Ah! si le Ciel ne me l'eût point ravie, je voudrais vivre encore, et vous n'auriez pas à consoler une malheureuse femme qui va marcher au supplice... (Relevant sa tête avec énergie, et s'adressant aux gardes.) Je suis prête... Emmenez-moi, emmenez-moi... Adieu, madame, vous comprenez bien qu'il faut que je meure!.. Là-haut, peut-être, je reverrai mon enfant!

(Elle sort, à gauche, emmenée par les gardes.)

SCÈNE VIII.

LA MARQUISE DE VERNEUIL, seule.

Elle s'éloigne, et je n'ai pu lui dire... que cette enfant qu'elle pleure... Oh! non, c'est impossible!.. Irai-je, dans ces affreux instans, rendre à cette pauvre petite que j'aime tant une mère qu'on viendrait arracher de ses bras pour la livrer au bourreau? Faudra-t-il que je fasse peser sur cette enfant sauvée par moi, et que, jusqu'à ce jour, j'ai rendue si heureuse, toute une destinée de misère et d'opprobre... Oh! non, non, Flora elle-même, j'en suis sûre, Flora ne le voudrait pas!.. Mais que faire, mon Dieu! que faire? Ah! si elle pouvait encore changer tout-à-coup de langage, consentir à se défendre et prouver son innocence, quel bonheur j'aurais à lui rendre sa fille!

SCÈNE IX.

LA MARQUISE DE VERNEUIL, LE COMTE, JULIE.

(Ils entrent tous deux du côté par où Flora vient de sortir avec les gardes.)

Mme DE VERNEUIL, allant à eux.

Eh bien! mon frère, Flora...

LE COMTE.

Toujours la même!.. je l'avais prévu.

JULIE.

Plus d'espérance!.. Vous n'avez pas été plus heureuse que nous, ma tante. Après l'entrevue que vous venez d'avoir avec elle, elle ne change rien à ses premières déclarations.

LE COMTE.

Ta bienveillance pour elle t'avait trompée, Julie.

Mme DE VERNEUIL.

On l'interroge encore dans ce moment, mon frère?

LE COMTE.

Dans ce moment, la conviction du juge et celle de M. le Gouverneur me paraissent irrévocablement fixées. Tout à l'heure on va la ramener à la prison du Fort-Royal; et demain, le tribunal qui prononcera son arrêt doit entrer en séance.

Mme DE VERNEUIL.

Cet arrêt...

LE COMTE.

N'est pas douteux, ma sœur. Dans ces temps de désastres et de dangers pour nos colonies, avec ces projets de révolte qui semblent nous menacer sans cesse de quelque chose de pareil aux massacres de Saint-Domingue, jugez quelle irritation il doit y avoir à l'avance dans un jury composé de créoles et tenant dans ses mains l'auteur d'un de ces empoisonnemens qui viennent si souvent affliger nos familles... Et demain, sans doute, dès que la sentence sera rendue, Flora...

JULIE.

Mon père, la voici.

(Flora reparaît, avec les gardes, à la fin de la phrase suivante.)

LE COMTE.

Éloignons-nous, Julie... Elle a payé nos bienfaits par la plus noire ingratitude; elle a tué lâchement le plus loyal et le plus cher de mes amis... et cependant il ne convient pas, lorsqu'elle appartient à ses juges, qu'elle trouve un premier supplice dans les reproches ou les regards de ses victimes.

SCÈNE X.

LES MÊMES, FLORA, GARDES.

FLORA, tombant à genoux.

Monsieur le Comte, mademoiselle... pardonnez-moi.

(Julie fait un pas vers elle, le Comte la retient.)

LE COMTE.

Viens, viens, ma fille. (Il l'emmène.)

FLORA, à Mme de Verneuil.

Vous, madame, ne m'abandonnez pas.

Mme DE VERNEUIL.

Flora, l'hôpital de Sainte-Marie est en face même de la prison où l'on va vous conduire: vous me reverrez dans votre cachot.

(Elle sort par le fond. Dominique vient d'entrer par la gauche.)

SCÈNE XI.

FLORA, DOMINIQUE.

FLORA.

(Elle aperçoit Dominique et dit en se retournant vers l'officier.)

Me sera-t-il permis de faire mes adieux à M. Dominique?

DOMINIQUE.

Flora, j'ai demandé cette grâce au magistrat, qui ne me l'a point refusée.

FLORA, bas, en se rapprochant de lui.

Écoute, j'ai voulu mourir parce que je t'aimais encore, et que j'avais honte de cet amour; puis, il ne m'appartenait pas de dénoncer le père de ma fille.

DOMINIQUE, bas.

Et si je ne t'ai pas démentie lorsque tu t'immolais pour moi, si je ne suis pas venu livrer la tête du coupable à la place de la tienne, c'est que, je te le répète, je suis sûr de te sauver.

FLORA, bas.

Et je te le défends, moi! seulement, retiens bien ce que je vais te dire, Dominique. Dans trois jours, devait éclater la révolte dont tu es le chef... je le sais, j'ai surpris cet infernal complot; dans trois jours, je ne serai plus là pour me placer entre toi et tes victimes; mais je le sais aussi, demain, au lever du soleil, et long-temps avant l'heure où se rassemblera le tribunal, un vaisseau marchand doit mettre à la voile pour l'Angleterre... Dominique, à l'instant même, tu iras te faire inscrire parmi les passagers... il le faut! à travers les barreaux de ma prison, je te verrai fuir ce rivage, et mes yeux, fixés sur le navire, ne le perdront de vue qu'à l'instant où tu seras bien loin du Fort-Royal, bien loin de ceux à qui tu as déjà fait tant de mal et que tu voudrais frapper encore... Tu partiras, je l'exige.

DOMINIQUE.

Et moi, je prétends, malgré tous, malgré toi-même...

FLORA.

Oh! songes-y bien, ce n'est pas une prière que je t'adresse, c'est un ordre... Tu partiras, ou bien, je te dénonce, et je te rends enfin la destinée qui t'est due.

(Les gardes se rapprochent d'elle.)

DOMINIQUE, à part.

Ce soir, ce soir même la révolte, et je brise les portes de sa prison.

FLORA, que les soldats emmènent.

Adieu.

DOMINIQUE.

Adieu, Flora!

(Il disparaît à gauche, et Flora s'éloigne par la droite. Au moment où le public va cesser de la voir, on entend au dehors la voix de Michel.)

MICHEL.

Arrêtez! arrêtez! et voyez cet ordre du Gouverneur.

FLORA.

Michel!

MICHEL.

Et avec moi quelqu'un devant qui tu n'oseras plus mentir ou ne pas avouer toute la vérité! Tiens! regarde!

(Georges de Laroche paraît au fond du théâtre.)

FLORA, poussant un cri.

Ah!.. M. Georges!..

SCÈNE XII.

FLORA, GEORGES, MICHEL.

GEORGES.

Oui, Georges de Laroche qui vient te demander compte de la mort de son frère!

FLORA, tombant à genoux.

Ah! pitié! pitié!..

GEORGES.

De la pitié pour toi, par qui je suis devenu le plus misérable de tous les hommes... ô mon Dieu! mon Dieu! tu sais si j'avais manqué de courage et de résignation pour supporter l'infortune! Tous les fléaux à la fois planaient sur le navire qui me ramenait auprès de mon frère! je voyais tomber à mes côtés mes amis, mes camarades... ceux que la fièvre avait épargnés, la faim me les enlevait, et je restais debout presque seul au milieu de tant de victimes... Un espoir me soutenait encore, celui de revoir Henri, et de l'embrasser à mon retour... J'arrive enfin, rejeté par la tempête sur le rivage... c'est un ami qui me reçoit dans ses bras et qui me rappelle à la vie; mais en r'ouvrant les yeux, j'apprends de lui qu'Henri est mort par le poison... Réponds-moi... quel était son crime, à lui, pour le frapper de la manière la plus infâme! ou si je dois en croire Michel, si sa mort n'est pas réellement ton ouvrage, qui l'a tué? Je te le dis à mon tour, pitié, pitié pour toi-même et pour moi! si tu n'es pas coupable ne me laisse pas te haïr davantage... si tu n'es pas coupable, quel est donc l'assassin de mon frère?

FLORA.

Laissez-moi! laissez-moi! demain, vous serez vengé, M. Georges... laissez-moi retourner dans ma prison.

MICHEL.

Non, demeure, Flora, demeure, pauvre folle, à qui je vais rendre la raison, et surtout, ne va pas ajouter à ta première déclaration cet autre mensonge que tu viens de faire à la marquise de Verneuil.

FLORA.

Comment! que voulez-vous dire?..

MICHEL.

Oui, ton amour pour M. Henri de Laroche.

GEORGES.

Son amour!

MICHEL.

Et je ne sais quel accès de jalousie qui t'aurait fait commettre ce crime!.. allons donc! est-ce que j'ai cru ça? est-ce qu'on m'abuse, moi, avec des histoires pareilles? Non, je t'ai observée et j'y vois clair, et je soutiens que tu n'as jamais aimé qu'une seule personne, lui, lui, Dominique, que je ne peux pas souffrir, moi; Dominique, le père de ton enfant...

FLORA.

Michel, au nom du Ciel, silence!

MICHEL.

Dominique enfin qui ne t'aime pas, qui ne t'a jamais aimée et qui en aime une autre.

FLORA.

Une autre! qu'avez-vous dit.

MICHEL.

Oui, mamzelle Julie de Beaumont... rien que ça... excusez!

FLORA et GEORGES, ensemble.

Julie!

MICHEL.

Oh! il n'est pas difficile, allez! et il consentirait sans peine à lui donner sa main, et à prendre sa fortune; mais, minute... quelqu'un vient d'en donner avis à M. de Beaumont, qui maintenant cherche partout M. Dominique, sans doute pour le mettre à la porte... Bon voyage! ce n'est pas moi qui le retiendrai.

FLORA.

Oh! vous me trompez, Michel! c'est une horrible épreuve que vous voulez me faire subir.

MICHEL.

Foi de Michel-Lambert, je ne dis que la vérité.

FLORA.

Une preuve! une preuve!

MICHEL.

Je puis te la donner avant une heure.

FLORA.

Je vous attendrai.

MICHEL.

Et tu rompras enfin le silence, Flora, ma Flora, ma fille bien aimée...

FLORA.

Je vous attendrai.

MICHEL.

Venez, venez, Capitaine!

(Elle sort emmenée par les gardes. Michel et Georges s'éloignent d'un autre côté.)

SCÈNE XIII.

(La nuit est venue. — Deux nègres entrent, et viennent poser des flambeaux sur les tables, l'un de ces nègres est François.)

FRANÇOIS, puis DOMINIQUE.

FRANÇOIS.

Enfin! ils s'éloignent!.. (A l'autre nègre.) Voici Dominique, laisse-nous, et va tenir en éveil tout notre monde.

(Rentrée de Dominique.)

DOMINIQUE.

Eh bien?

FRANÇOIS.

Tout est prêt... à quelle heure?

DOMINIQUE.

Dix heures précises... le temps seulement que ces soldats soient bien loin d'ici. Du reste, tous ceux qui pourraient défendre cette plantation et celles qui les entourent...

FRANÇOIS.

Éloignés aussi par un faux avis qui leur annonce que l'insurrection doit éclater à l'autre extrémité du Fort-Royal.

DOMINIQUE.

Plus tard, nous nous répandrons dans la ville, et nous délivrerons cette malheureuse Flora... Scipion et Ruben se sont chargés de mettre le feu à l'hôtel du gouvernement et à l'arsenal... mais c'est ici à la Case-Pilote que nous devons porter les premiers coups. Dis-moi, les esclaves dévoués à M. le comte de Beaumont....

FRANÇOIS.

Sont en si petit nombre qu'il n'y a pas à les craindre... la plupart sont gagnés à notre cause... les autres...

DOMINIQUE.

Je les connais... ils se rangeront du côté du plus fort... allons, les instans sont précieux...

ne laisse pas leur courage se refroidir... va-t-en... au signal convenu...

FRANÇOIS.

Tous les nôtres rassemblés autour de ce pavillon...

DOMINIQUE.

C'est entendu... laisse-moi.

FRANÇOIS.

Ah! j'oubliais de te prévenir...

DOMINIQUE.

De quoi encore?

FRANÇOIS.

Tu sais, maître, que tu m'as appris à lire, à écrire, et que j'ai profité de tes leçons.

DOMINIQUE.

Eh bien?

FRANÇOIS.

Dans notre intérêt à tous, je viens de faire parvenir à M. le Comte un avis qui te concerne...

DOMINIQUE.

Moi! comment...

FRANÇOIS.

Oui, seulement pour te prouver que, même quand tu le voudrais, tu ne peux rester dans cette maison une heure de plus à moins de t'en rendre maître par la violence, et que tu n'as rien de mieux à faire que d'accomplir ce soir même notre entreprise... es-tu de mon avis, Dominique?

DOMINIQUE.

Voici le Comte... va-t-en, va-t-en misérable!.. et ne perds pas de vue cette fenêtre.

(Sortie de François par une porte latérale. Le Comte entre de l'autre côté.)

SCÈNE XIV.

LE COMTE, DOMINIQUE.

LE COMTE.

Je vous cherchais, Dominique.

DOMINIQUE.

Je suis à vos ordres, M. de Beaumont.

LE COMTE.

Tenez, lisez ce billet que je reçois à l'instant...

DOMINIQUE, à part.

Ah! la lettre de François, voyons. (Haut.) Un billet anonyme...

LE COMTE.

Lisez...

DOMINIQUE, lisant.

« Un ami, qui, bientôt se fera connaître, »prévient M. le Comte de Beaumont, que le »mulâtre Dominique a l'audace d'aimer sa fille, »et qu'il se flatte d'être un jour son époux. On »en parle déjà dans les salons du Fort-Royal; »mais on espère que M. de Beaumont va mettre »un terme à ces bruits injurieux pour son hon»neur et celui de sa famille, en se privant à »l'avenir des services de M. Dominique. »

LE COMTE.

Eh bien! monsieur, que dois-je croire?

DOMINIQUE, à part, en regardant la pendule.

L'heure approche!

LE COMTE.

Parlez donc... Dois-je ajouter foi à cette lettre?

DOMINIQUE.

Je rappelerai à monsieur le Comte, que mon amour pour sa fille m'a conduit, du moins, à lui sauver deux fois la vie.

LE COMTE.

Je ne l'ai pas oublié, monsieur, puisque c'est encore en ami que je vous parle, même après la lecture de ce billet, même après l'aveu que vous venez de me faire. Si vous et moi, nous vivions en France, j'irais plus loin, peut-être... Ici, fussiez-vous aimé de Julie, et vous me pardonnerez, monsieur Dominique, si j'affirme que cela n'existe point, je refuserais et je prierais le sauveur de ma fille de mettre un autre prix à son dévoûment. (Ici dix heures sonnent.)

DOMINIQUE.

Ah! enfin!.. Je devine sans peine, monsieur le Comte, par où vous allez en finir: vous suivrez l'avis qui vous est donné dans cette lettre.

LE COMTE.

Il est vrai, Dominique, qu'une séparation entre nous est devenue nécessaire, Mais, quelque part que votre destin vous conduise, mes bienfaits vous y suivront.

DOMINIQUE.

Vos bienfaits! Je vous comprends, vous me jeterez de l'or et vous me chasserez, n'est-il pas vrai? Eh bien! M. le Comte, je ne partirai pas.

(Il va ouvrir la fenêtre et pose le flambeau de manière à ce qu'il soit vu au-dehors. Cri général des nègres dans la coulisse.)

LE COMTE.

Que signifie?

DOMINIQUE.

Cela signifie que les rôles sont changés, que les esclaves d'hier veulent être les maîtres aujourd'hui... cela signifie que les hommes de couleur vont rendre aux créoles tout le mal qu'ils en ont reçu; que Saint-Pierre et le Fort-Royal auront, comme Saint-Domingue, leur journée de vengeance et d'extermination... Cela signifie, enfin, comte de Beaumont, que, dès ce soir, tes richesses nous appartiennent, et que ton orgueilleuse fille va tomber au pouvoir du mulâtre Dominique.

(A la fin de cette tirade, les nègres sont entrés furieux, tenant en main des torches, des couteaux et des poignards. Julie est amenée par François, qui la jette dans les bras de Dominique.)

SCÈNE XV.

LES MÊMES, JULIE, DES NÈGRES.

CRI DES NÈGRES.

Vengeance! vengeance!..

JULIE, cherchant à se dégager des mains de Dominique.

Ah! la mort, plutôt!.. oui, la mort!..

M. DE BEAUMONT, aux nègres, qui reculent devant lui.

Eh bien! frappez-moi donc!.. Qui vous arrête? Tiens! approche, toi... voilà ma poitrine, et je suis sans armes... Faut-il donc tant de monde, pour assassiner un vieillard et une femme ?..

FRANÇOIS.

Eh bien! point de pitié!.. qu'il meure!..

TOUS.

Qu'il meure!..

(François tient le poignard levé sur la tête du Comte; Dominique tient Julie dans ses bras et va l'entraîner hors de la galerie. On entend gronder le tonnerre, les éclairs brillent, et Georges et Michel paraissent au fond, suivis de matelots et de soldats. Georges arrache Julie des bras de Dominique, et Michel sauve M. de Beaumont, en renversant François.)

SCÈNE XVI.

LES MÊMES, GEORGES, MICHEL, SOLDATS MARINS.

GEORGES.

Arrêtez, infâmes! arrêtez!..

JULIE.

M. Georges!.. il existe! il existe encore!..

GEORGES.

Oui, pour vous protéger, Julie, jusqu'à mon dernier soupir!..

MICHEL.

En avant! les camarades de l'Iphigénie!

DOMINIQUE.

Vous l'avez juré, frères, nous nous battrons jusqu'à la mort!..

CRIS DE FUREUR DE TOUS LES PERSONNAGES.

Oui! jusqu'à la mort!..

(La lutte va s'engager; mais le tonnerre redouble, les volets des fenêtres se détachent et tombent au dehors. On voit, dans le lointain, commencer le tremblement de terre.)

FRANÇOIS et TOUS LES NÈGRES, avec la plus grande frayeur.

Ah! l'ouragan... l'ouragan!..

MICHEL.

Mieux que cela... tenez... ces murs chancellent...

GEORGES.

Et le sol est près de manquer sous nos pas...

M. DE BEAUMONT.

Là-bas, une maison qui s'écroule...

MICHEL.

A genoux, lâches, à genoux!.. c'est votre dernière heure... c'est tout le Fort-Royal, c'est le monde entier qui va se renverser sur vos têtes!.. A genoux!..

(Tous les nègres tombent à genoux ou renversés la face contre terre. Toutes les murailles du salon chancellent.)

FIN DU QUATRIÈME ACTE.

ACTE V.

La scène se passe au Fort-Royal. — Place publique : à gauche, au second plan, l'Hôpital, avec cette inscription : HÔPITAL DE SAINTE-MARIE; à droite, la Prison.

SCÈNE I.

Au lever du rideau, le bruit entendu à la fin du quatrième acte continue plus violent et plus effrayant encore. Le tonnerre gronde et les éclairs brillent. Cris de désolation des habitans, qui fuient dans le plus grand désordre. La prison s'écroule; un gouffre se forme au bas des degrés, et engloutit quelques prisonniers, qui tombent avec les murailles; d'autres sont écrasés par des poutres et des charpentes.

SCÈNE II.

DOMINIQUE; puis LE COMTE, JULIE, GEORGES, LE GOUVERNEUR, MICHEL, Mme DE VERNEUIL, FLORA, L'ENFANT, COLONS, NÈGRES, ETC.

DOMINIQUE, entrant en scène par le premier plan, à droite, suivi de François et de plusieurs autres nègres, qui portent des flambeaux.

Venez, venez, camarades!.. Le Ciel en fureur ne menace que nos ennemis... profitons de leur effroi... Emparons-nous de leurs armes... A l'Arsenal!..

TOUS.

A l'Arsenal!.. à l'Arsenal!..

(Ils marchent vivement de la droite à la gauche; mais l'hôpital s'écroule, la terre tremble de nouveau, et s'entr'ouvre sous les pas de Dominique et des siens, qui tombent écrasés sous les débris de l'hôpital.)

LE COMTE, entrant par le fond, avec Julie, qu'il conduit péniblement au milieu des décombres.

Quelle nuit! quelle nuit affreuse!.. Tout un peuple éperdu, qui se réveille en sursaut pour mourir!.. et ceux qui survivront, n'auront pas un asile où reposer leurs têtes.

JULIE.

Pitié, mon Dieu! pitié!..

(Elle est à genoux, ainsi que tous les habitans. Entrée de Georges et du Gouverneur, suivis d'officiers et de soldats.)

GEORGES.

Du courage, amis! du courage!.. Les hommes et les élémens avaient conjuré notre perte! Ce soir, ce soir même, des misérables, commandés par Dominique, devaient mettre le feu à notre ville; mais le géant de la destruction ne veut pas d'aussi misérables exécuteurs, et le voilà qui secoue la terre sur nous comme sur eux. Nos maisons sont renversées, nos richesses perdues ! Mais nous pouvons encore, sous les décombres, retrouver nos amis, nos parens, nos frères !..

LE GOUVERNEUR.

Que tous ceux qui portent un cœur d'homme se réunissent à la garnison et à la marine, pour secourir les blessés, ensevelir les morts, soutenir ce qui menace de tomber, et prévenir enfin de nouveaux malheurs.

(Des groupes de travailleurs se forment, dirigés par le Comte, Georges et le Gouverneur. Un autre groupe va s'éloigner par le premier plan, à gauche ; il est arrêté par l'entrée de Michel, à la tête de plusieurs matelots.)

MICHEL.

Eh bien ! où courez-vous, camarades ? Sauvons d'abord, sauvons les prisonniers et les pauvres malades !

LES UNS, criant.

A l'hôpital !..

LES AUTRES.

A la prison !..

(On s'élance à travers les ruines. Des matelots et des soldats reparaissent portant sur leurs épaules des prisonniers blessés. De l'autre côté, on retire des débris de l'hôpital, des malades, auxquels se joignent bientôt deux sœurs de la charité. Une sorte d'ambulance s'établit. Julie et les deux religieuses soignent les blessés ; on enlève des cadavres, etc. A gauche, le Comte et Georges continuent à diriger les travailleurs.)

GEORGES.

Malheur ! malheur !.. le ciel est sans pitié pour nous !.. Rien ! rien ! que des morts et des mourans !..

LE COMTE.

Attendez, Georges, par-là, peut-être... oui, des cris de détresse... Du courage, amis, du courage !.. (On retire, de dessous les décombres, la marquise de Verneuil, tenant dans ses bras l'enfant qu'on a vue au premier acte.) Ma sœur ! sauvée ! sauvée !..

(Au même instant, Flora paraît sur les ruines de la prison, et s'écrie : Au secours ! au secours !..

MICHEL.

Flora ! ma pauvre Flora !..

(Il s'élance pour la sauver.)

Mme DE VERNEUIL.

Je demandais à Dieu sa protection pour cette enfant ; ce Dieu a entendu ma prière.

FLORA, qui s'est avancée soutenue par Michel.

Cette enfant... Ah ! c'est une illusion, sans doute, un rêve de bonheur, après tant de souffrances !..

L'ENFANT.

Ma mère !.. c'est moi, ma mère !..

FLORA.

Oh ! sa voix, mon Dieu ! sa voix !.. Ce serait trop cruel d'être trompée ainsi.

Mme DE VERNEUIL.

Non, Flora, non... Tout ce qui se passe autour de toi, est réel, bien réel... C'est ta fille que je t'ai conservée, ta fille qui veut embrasser sa mère, sa mère justifiée de l'horrible crime dont on l'accuse.

FLORA.

Oh ! non, non, je ne suis pas coupable ; je le jure par le ciel dont la colère plane encore sur nos têtes ! je le jure par mon enfant !..

(Elle l'embrasse avec transport. Dans ce moment, on voit s'affaisser, dans le fond, tous les monumens du Fort-Royal ; les flots de la mer envahissent le devant du théâtre, et ceux qui ont échappé au tremblement de terre, sont au moment d'être engloutis. Julie, M. de Beaumont, Flora, la religieuse, l'enfant, et beaucoup d'autres, viennent se réfugier à l'extrême droite, sur une espèce de promontoire, formé par les débris de la prison.)

LE GOUVERNEUR.

C'en est fait de nous !.. Il ne reste plus de Fort-Royal, qu'un monceau de ruines et de cadavres !..

GEORGES.

Contre cet horrible désastre, le secours des hommes est impuissant.

LE COMTE.

Nous n'avons plus à invoquer que celui de Dieu.

MICHEL.

Celui de Dieu, et celui de la France !..

TOUS.

Oui, la France !.. la France !..

(Les nuages, amoncelés à l'horizon, se dissipent. On voit briller l'arc-en-ciel. On aperçoit, au loin, un navire au pavillon tricolore. Tous les personnages échappés au désastre sont à genoux, étendant les bras vers le bâtiment, et répétant : La France ! La France !

La toile tombe.

FIN.

Imprimerie de Madame De Lacombe, rue d'Enghien, 12.

www.ingramcontent.com/pod-product-compliance
Lightning Source LLC
LaVergne TN
LVHW050504160826
845677LV00003B/927

* 9 7 8 2 3 2 9 6 4 5 0 3 2 *